Essays After Eighty

—

Donald Hall

죽는 것보다 늙는 게 걱정인

여든 이후에 쓴 시인의 에세이

도널드 홀Donald Hall 지음

조현욱·최희봉 옮김

동아시아

차례

창밖 풍경

지금은 1월 중순, 하루의 중간이며, 장소는 미국 뉴햄프셔주 중부다. 나는 푸른색 팔걸이의자에 앉아 창밖을 내다보고 있다. 요즘은 걸음걸이가 불안정하고 운전도 하지 않는다. 그저 창밖을 보고 있다. 눈이 내린다. 내가 자는 중에 내리기 시작한 눈은 이제 25센티미터가량 쌓였다. 45센티미터쯤 올지도 모른다고 한다. 내가 앉은 자리 주변에는 창문이 세 개 있다. 창턱이 있는 가운데 창문이 가장 크다. 창 바깥에는 좁은 베란다가 있어서 여름에는 그늘을 만들어주고 겨울에는 눈이 들이치는 것을 막아준다. 30여 미터 앞에는 헛간이 있는데 강풍 속의 구축함처럼 들썩거린다. 새들이 모이통으로 날아드는 것이 보인다. 통은 내 시선 방향의 참나무 판자에 매달려 있다. 겨우내 검은방울새, 미국박새들이 거기서 배를 채운다. 오늘처럼 눈이 두껍게 쌓인 날이면 열 마리 넘는 새가 한꺼번에 앉는 바람에 모이통이 아래로 휘어진다. 새들은 갑자기 방향을 바꾸며 날아와 모이를 쪼아 먹고는 빈 나뭇가지로 가서 앉는다. 동고비, 콩새, 미국황금방울새, 참새가 예쁘게 내려앉아 부리로 씨앗을 물어 채고는 급히 떠난다.

거의 언제나 다람쥐들이 새 모이를 훔친다. 농구의 포인트가드처럼 행동이 기민한 이 녀석들을 먹여 살릴 수 있어서 나는 기쁘다. 하지만 날씨가 좋을 때는 새들에게 겁을 주는 게 문제다. 이놈들은 바람에 쌓인 눈 더미에서 베란다로, 거기서 다시 모이통으로 뛰어올라 박새 모이를 게걸스럽게 먹는다. 할아버지가 문설주에 박아놓은 녹슨 말편자를 꽉 붙잡고 이것을 디딤판으로 삼아 뛰어오른다. 이 녀석들의 무게로 모이통이 옆으로 기울면 겁 많은 새들은 도망가고 용감한 새들은 기울어진 식탁에서 여전히 모이를 쪼아댄다. 오늘은 다람쥐가 보이지 않는다. 함박눈이 쏟아지면서 다람쥐들은 눈 더미 밑의 터널에 숨어버렸고 한 무리의 새들이 소란스레 울어대며 모이를 쪼아 먹고 있다.

저녁이 가까워 오는데 눈은 계속 내린다. 오후 4시의 어스름 속에 새들은 가버렸다. 어딘가에서 어찌해서든 잠을 자겠지. 아니다. 동고비 한 마리가 날아와 마지막으로 씨앗을 쪼아 먹는다. 어스름 속에 소 외양간의 윤곽이 희끄무레 떠오른다. 나는 해마다 그리고 날이면 날마다 1865년에 지어진 이 건물을 물끄러미 바라본다. 몇 년 전 눈이 아주 많이 왔던 겨울에 나는 외양간이 무너질까 걱정이 됐다. 낡은 지붕 위로 눈이 90센티미터나 쌓인 탓이다. 눈을 털어내 줄 사람을 주위에서 구할 길이 없었다. 지붕은 약했고 위험할 정도로 경사가 급했다. 마침내 친구들이 잇따라 찾아와 그 위험한 지붕 위에서 눈을 삽으로 치워버렸다. 그 이듬해 여름에는 수리업자를 불러 오래된 슬레이트 위에 금속을 덧대게 했다. 나무판 색깔의 양철판 위로 눈이 미끄러지게끔 하려는 것이었다. 지금 내 시야에는 헛간 정면에 날카로운 각도를 이룬 지붕 꼭대기가 보인다. 그곳에는 눈이 25센티미터가량 쌓여 있다. 지붕의 나머지 3분의 2를 덮고 있던 눈은 바닥의 눈더미 위로 떨어져버렸다. 헛간의 금속 지붕 위에 쌓인 눈은 빙하의 절벽처럼 들쭉날쭉한 모양인데 곧 미끄러져 내릴 것 같다. 오후의 푸르스름한 공기 속에서 그것은 거대한 케이크 위를 덮은 바닐라 아이싱 장식처럼 보인다. 심술궂은 오늘 오후 날씨의 하이라이트다. 이제 거인의 거대한 손이 그것을 벗겨낼 것이다.

갑자기 꽝음이 들린다. 제설차의 제설기가 내 사유지 진입로 입구에 내려 꽂히는 소리다. 꼭대기의 높은 조종석에는 사촌 스티브가 앉아서 노련한 솜씨로 후진과 전진을 되풀이하는 중이다. 우리 집으로 이어지는 차도는 타원형인데 그 끝에는 4번 도로가 직선으로 이어져 있다. 스티브는 타원 꼭대기의 둥근 구간에서 짧은 거리를 솜씨 좋게 움직이면서 차도로부터 눈을 조금씩 계속해서 밀어내고 있다. 커다란 눈 더미를 점점 밀어내서 차도 옆에 차를 세워놓을 만큼의 공간을 만드는 중이다. 나중에 필요하면 그 공간에 또 눈을 쌓아놓을 예정이기도 하다. 눈보라가 몰아친 뒤 그가 찾아온 것은 이번이 처음이다. 그는 눈을 완벽하게 치워놓으려는 게 아니다. 한밤중에 눈이 그치면 다시 제설차를 몰고 와 눈 더미 속에 깔끔한 길을 낼 것이다. 새벽 3시에 그가 우리 차도에서 눈 더미를 밀고 있으면 나는 잠시 잠에서 깨어날 것이다. 한순간 그가 캄캄한 밤중에 눈 더미를 공략하고 있다고 생각하며 행복해할 것이다.

어머니는 코네티컷주에 있는 집에서 아흔을 맞았다. 그녀는 같은 집에서 60년 가까이 살았다. 마지막 10년은 창밖을 내다보며 소일했다(아버지는 쉰두 살에 돌아가셨다).

어머니 생신에 맞추어 나는 아내 제인 케니언과 어머니 댁에 일찌감치 도착했다. 정오에는 내 아이들과 손자, 손녀들이 깜짝 방문해 어머니를 기쁘게 했다. 우리는 포옹을 하고 함께 웃고 사진을 찍었다. 어머니가 체력이 달려서 더 이상 즐거운 표정을 짓지 못하면 나는 아이들을 억지로 떠나보냈다. 어머니는 익숙한 안락의자에 앉아 눈을 감고 체력이 회복될 때까지 쉬셨다. 그로부터 몇 개월 후 어머니는 울혈성 심부전을 일으켰고 바로 일주일 후에 또다시 같은 증세를 보였다. 구급차가 어머니를 뉴헤이븐에 있는 예일대학 병원으로 모셨다. 어머니가 퇴원하게 되자 나와 제인은 어머니를 보살피기 위해 뉴햄프셔주에서부터 차를 몰고 갔다.

어머니는 우리에게 말씀하셨다. "나는 될 수 있는 한 911에 전화를 하지 않으려고 노력했단다." 당신은 이제 더 이상 혼자서 생활할 수 없다는 것을 아셨다. 혼자 생활하는 것이 즐거움이자 자랑이었는데 말이다. 우리는 어머니를 뉴햄프셔주에 있는 집 근처 병원에 딸린 시설로 옮겨드렸다.

어머니는 아흔한 살 생일을 한 달 앞두고 돌아가셨는데 그

때까지도 정신이 말짱하셨다. 숨을 거두기 일주일 전에는 『나의 안토니아My Antonia』를 열 번째로 읽으셨다. 윌라 캐더Willa Cather는 어머니가 평생 동안 좋아하던 작가였다.

노년에 이르러서는 주로 애거사 크리스티Agatha Christie의 작품을 읽으셨다. 아흔이 돼서 좋은 점 중의 하나는 한 번 읽은 탐정소설을 2주 후에 또다시 읽을 수 있다는 것이라고 말씀하셨다. 등장인물 중 누가 범인인지를 전혀 기억하지 못한다는 것이다. 그렇다 하더라도 마지막 몇 개월은 암울하게 지내셨다. 무릎 관절염 탓에 내내 침대나 의자 신세를 져야 했고 시설에서 나오는 음식은 끔찍하게 맛이 없었다. 돌아가시는 날까지 우리는 매일 문병을 갔다.

그 이듬해 제인은 백혈병에 걸려 죽음을 맞이할 채비를 해야 했다. 겨우 마흔일곱 살밖에 되지 않았는데 말이다. 제인은 발병하기 전에 쓰고 있던 시 몇 편을 내게 보여주었다. 그 중 하나의 제목은 〈양로원에서In the Nursing Home〉, 어머니의 말년을 다룬 내용이었다. 시에서 사용한 이미지는 커다랗게 원을 그리며 달리는 말이었는데 원이 점점 작아지다가 마침내 멈춘다. 그로부터 20년이 지난 지금, 내 원의 크기도 작아지고 있다. 계절이 바뀔 때마다 균형 감각이 더 나빠지고 가끔은 넘어지기까지 한다.

이제는 혼자 힘으로 요리를 해 먹지 못하고 전자레인지에 데우는 홀아비용 인스턴트식품으로 끼니를 때운다. 손가락의 움직임도 둔하고 옷의 단추를 끼우는 데에도 시간이 꽤 걸린다.

이번 겨울부터 나는 머리에 뒤집어써서 입는 셔츠를 착용한다. 어머니는 마지막 10년간 허리에 벨트를 매는 헐렁한 아랍식 원피스를 입었다. 나는 여러 해 동안 천천히 조심스럽게 운전했지만 80세가 되던 해 두 차례 교통사고를 냈다. 누군가가 내 차에 죽임을 당하는 일이 생기기 전에 운전을 그만두었다. 가게나 병원에 갈 일이 생기면 누군가가 나를 태워주어야 한다.

시 낭송회를 하기 위해 비행기를 탈 일이 생기면 내 시중을 들어주는 린다 쿤하르트가 공항의 보안 구역까지 내 휠체어를 밀어준다. 친애하는 그녀는 우리 집에서 한 시간 거리에 산다. 낭송회에서 나는 앉은 채로 시를 읽는다. 내가 그림을 보고 싶어 하면 린다가 휠체어를 밀고 미술관을 누빈다. 새로운 시를 쓰는 것은 불가능하다. 비범한 은유와 운율이 더 이상 떠오르지 않기 때문이다. 산문은 아직 쓸 수 있다.

나는 내 몫의 원이 점점 작아지는 것을 느낀다. 사실 노년이란 연속적인 상실의 통과의례다. 마흔일곱 살이나 쉰두 살에 죽는 것보다 전체적으로 그게 더 바람직하다. 탄식하고 우울해해 봤자 좋아지는 건 없다. 종일 창가에 앉아 새와 헛간과 꽃들을 바라보며 즐거워하는 편이 더 낫다. 나의 일상에 대해 글을 쓰는 것은 기쁨이다.

세대에 세대를 거듭하며 우리 집안 노인들은 창가에 앉아 세월이 가는 것을 보아왔다. 이 집엔 유서 깊은 침대가 많다. 자신이 태어난 바로 그 침대에서 80년 후 숨을 거둔 분들이 적지 않다. 케이트 할머니는 아흔일곱까지 사셨다. 그녀의 딸인 내 어머니는 할머니가 '일찍' 돌아가셨다고 했다. 하루에 담배를 두 갑씩 피운 탓이라는 것이다. 처음에는 필터 없는 체스터필드를, 나중에는 필터 있는 켄트를 애용했다고 한다. 어머니는 담배 덕분에 할머니가 치매에 걸리지 않았다고 말씀하셨다.

노년에 접어들기 전에 할머니가 창밖을 내다보면 남쪽으로 8킬로미터 떨어진 키어사지산이 보였다고 한다. 지금 내가 그쪽을 보면 삼각형 모양의 작은 언덕밖에 눈에 띄지 않는다. 침엽수들이 크게 자라 시야를 가리기 때문이다. 할머니가 어렸을 때는 느릅나무가 언덕을 가렸었다. 나무는 4번 도로 양쪽에서 크게 자랐다. 양쪽에서 자라난 가지가 길 가운데 위쪽에서 서로 닿을 정도였다. 아흔네 살 때 그녀는 현관에 발이 걸려 넘어졌다. 정강이뼈에 금이 간 탓에 병원에 입원해야 했다. 아이를 낳을 때 빼고는 평생 누구 손에 들려 침대로 옮겨진 일이 없었는데 말이다. 병원 생활이 할머니의 정신 상태를 악화시켰다. 3년 뒤 피보디 요양원에서 나는 할머니가 가쁘게 숨을 몰아쉬다 멈추다 하는 소리를 들으며 침대 옆에 앉아 있었다. 할머니는 내 손을 잡은 채 돌아가셨다.

눈이 내리고 흰멧새가 우는 겨울이 지난 뒤 내가 내다보는 창밖에는 꽃들이 피었고 녹음이 우거져 있다. 나무가 무성한 아주 오래된 언덕과 그 아래 외양간은 사시사철 하루도 빠짐없이 내 눈에 들어온다.

집에 계시던 마지막 10년간 어머니는 의자에 앉아 창밖을 내다보았다. 하지만 그 풍경은 지금 내가 보는 것과 달랐다. 어머니는 이곳 뉴햄프셔주의 농장에서 태어났고 그녀가 자랄 때 헛간은 홀스타인 젖소로 가득 차 있었다. 하지만 그녀가 노년에 들어선 장소는 아버지의 영역인 코네티컷주 햄든 근교의 길모퉁이였다. 그녀가 창밖으로 본 것은 헛간이 아니라 1920년대에 지어진, 방 여섯 개가 딸린 저택들이었다. 그녀는 어린이들이 가방을 메고 걸어가는 모습을 하루 두 차례 보았다. 아침에 등교하며 느릿느릿 걷는 장면과 오후에 집으로 돌아가는 장면이다. 이 아이들이 다닌 학교가 위트니가에 있는 스프링글렌초등학교다. 내가 8년 동안 터덜터덜 걸어서 다닐 때는 스프링글렌그래머스쿨(초·중등을 합친 8년제 학교_옮긴이)이었다. 겨울 한낮이면 어머니는 뉴햄프셔주의 새들과 사촌지간일 코네티컷주의 새들이 창밖의 모이통에 날아드는 걸 바라보셨다.

그리고 아픈 무릎을 절룩거리며 부엌에 가서 조갯살 수프 통조림을 데우셨다. 4월부터 9월까지는 밤에 창가에 앉아 WTIC채널에서 중계하던 보스턴 레드삭스의 야구 경기를 청취했다. 중년 시절 임시 교사였던 그녀는 해설가가 자신의 학생이었다는 점을 자랑스러워했다. 뉴햄프셔주에 살던 그녀의 아버지는《보스턴포스트》를 통해 보스턴 레드삭스의 경기 결과를 계속 지켜보았다. 게임이 끝난 지 이틀 후에 배달되는 신문이었다. 그에 비해 어머니는 귀 아래쪽 재떨이 옆에 높인 작은 라디오를 통해 실시간 중계를 들었다(다른 방에서는 증기로 움직이는 거대한 텔레비전이 텅 빈 화면만을 계속 보여주고 있었다. 어머니는 의자에서 일어나기를 싫어하셨다). 라디오가 중계하는 경기는 초등학생들과 새들의 자리를 대신했다. 야구 시즌이 아닐 때에는 밤마다《리더스다이제스트》, 헨리 데이비드 소로Henry David Thoreau,《타임》, 로버트 프로스트Robert Frost, 그리고 애거사 크리스티의 작품을 읽었다. 나의 여름밤은 NESN채

널과 보스턴 레드삭스의 게임으로 채워진다.

어린 시절 나는 노인들을 정말 좋아했다. 뉴햄프셔주에 있던 할아버지는 닮고 싶은 인간의 본보기였다. 그는 늙은이가 아니었다. 연세가 60대에서 70대 초반일 때까지 나와 함께 건초를 만드셨다. 겨우 일흔일곱 살에 돌아가셨는데도 나는 할아버지가 늙었다고 생각했었다.

할아버지는 '릴리'라는 이름의 말 한 마리를 가진 농부였다. 농장에서는 옛날식으로 소와 양과 닭을 키우고 벌을 쳤다. 그리고 사탕단풍 수액을 끓여 시럽을 만드는 시설도 있었다. 그는 1년 내내 거의 매일 아침 5시부터 저녁 7~8시까지 일했다. 소젖을 짜고, 양을 보살피고, 울타리를 손보고, 나무를 베고, 비료를 뿌리고, 작물을 심고, 잡초를 뽑고, 건초를 만들고, 작물을 수확하고, 밤마다 닭들을 여우로부터 보호하기 위해 우리로 몰아넣었다.

여름이면 나는 농장 일을 도왔고 할아버지가 해주는 옛날이야기를 귀 기울여 들었다. 1년 내내 그는 이 일에서 저 일로 재빠르게 옮겨 다니며 일했다. 옛날 일을 회상할 때나 학창 시절 암기했던 시를 스스로에게 들려줄 때는 훌륭한 성품을 나타내는 반쯤 미소 띤 표정이 되었다.

나는 평생 노인을 사랑하며 살았고 이제 자연법칙에 따라 내 자신이 노인이 되었다. 세월은 10년씩 흘러갔다. 서른 살은 겁나는 나이였고 마흔 살이 되던 날은 술을 많이 마신 탓에 눈치채지도 못한 채 지나갔다. 50대가 최고였는데 인생이 완전히 달라졌다. 60대가 되자 50대의 행복이 연장되기 시작했다. 그리고 나는 이런저런 암에 걸렸고 아내가 죽었다. 그 후의 여러 해를 돌아보면 마치 다른 우주로 여행을 온 것 같다.

우리가 아무리 주의를 기울이고 있어도, 어떤 일이 일어나리란 것을 아무리 잘 안다고 생각해도, 별수 없다. 노령이라는 세계는 미지의 우주이자 뜻밖의 영역일 수밖에 없다. 그것은 낯선 것이고 노인들은 별개의 생명체다. 피부는 녹색이고 머리는 두 개인 데다 안테나가 달려 있다. 즐거운 사람일 수도 있고 짜증 나는 인물일 수도 있다(슈퍼마켓에서 통로를 막고 비켜줄 줄 모르는 노인들을 봤을 것이다). 하지만 가장 중요한 점은 이들이 영원히 '타인'이라는 점이다. 우리는 여든 살이 되면 자신이 외계인이라는 사실을 이해한다. 잠시라도 자신이 늙었다는 사실을 잊으면 반드시 깨우침이 온다. 앉은 자리에서 일어서려 할 때 바로 느끼는 것이다. 우리를 녹색 피부에 머리가 둘 있고 거기에 안테나까지 달려 있는 존재처럼 쳐다

보는 젊은이와 마주칠 때도 그렇다.

세상에서 동떨어진 우리들의 존재를 대하는 사람들의 태도는 냉담할 수도 있고 친절할 수도 있다. 한 가지 공통점은 그들은 언제나 어떤 종류의 우월감을 나타낸다는 점이다. 어떤 여성이 내가 한 어떠한 일을 높이 평가하는 글을 신문에 투고한 경우를 보자. 그녀는 '점잖은 신사'라는 표현으로 나를 높여준다. '노인'이란 것은 틀림없는 진실이다. 또한 다른 수식어를 통해 내가 심술궂고 시원찮은 늙은이가 아니라는 점도 독자들에게 전달된다. 하지만 '멋진' '신사'라는 표현을 통해 그녀는 나를 상자 속에 집어넣는다. 내 머리를 쓰다듬거나 내가 갸르릉거리는 소리를 들을 수 있는 상자 말이다. 혹은 내가 꼬리를 흔들고 손바닥을 핥으며 비위를 맞추는 소리를 내는 것을 그녀는 더 좋아할지도 모른다.

가족 식사를 하면 내 자녀와 손자·손녀들은 내게 호감 어린 관심을 보인다. 나는 중심인물이 아닐지는 모르지만 투명인간 취급을 받지는 않는다. 그런데 내 손녀의 기숙사 룸메이트는 처음 나를 만난 자리에서 의자를 돌려놓더니 내게 완전히 등을 보이는 자세로 앉았다. 가족들로부터 나를 떼어놓은 것이다. 나는 존재하지 않는 사람 취급을 받았다.

만약 노인을 향한 친절한 행동이 자기보다 모자란 사람을 대하는 듯하다면 그 당사자는 자신이 은혜를 베푼다고 생각하며 권력을 행사하는 것이다.

때로는 노인에 대한 반응이 어이없는 코미디가 되기도 한다. 나는 국가예술훈장을 받으러 워싱턴으로 가는 길에 이틀 일찍 도착해서 그림을 감상하러 갔다. 국립미술관에서 린다는 나를 휠체어에 태우고 이 그림에서 저 그림으로 밀고 다녔다. 우리는 헨리 무어Hennry Moore의 조각 앞에 멈춰 섰다. 콧수염이 희끗희끗한 60대의 미술관 경비 한 사람이 다가와 조각가의 이름을 친절하게 설명해준다. 나는 무어에 대해 책을 한 권 썼기 때문에 그를 너무나 잘 안다. 린다와 나는 이런 사실을 지적해줄까 하는 생각을 각각 떠올렸지만 이내 접는다. 지나치게 자기중심적인 행동인 데다 경비를 당황스럽게 만들 가능성이 있기 때문이다.

두 시간 뒤 카페테리아에서 나오다 그 경비와 다시 마주쳤다. 그는 린다에게 점심을 맛있게 먹었냐고 물었다. 이어 그는 허리를 굽혀 내게 얼굴을 들이밀고 손가락을 흔들었다. 모욕적으로 과장된 미소를 지으며 내게 큰 소리로 물었다. "맘.마. 잘. 먹.었.어.요?"

봄이 되면 새 모이통을 내려서 10월이 올 때까지 공구 창고에 잘 보관한다. 이맘때 살진 개똥지빠귀가 돌아오는 것을 본다. 개똥지빠귀를 괴롭히는 푸른 어치, 휘파람새, 붉은날개찌르레기, 찌르레기도 눈에 띈다. 구슬피 우는 산비둘기들이 풀숲에 쭈그리고 앉아 풀씨를 먹는다. 개똥지빠귀 한 마리가 해마다 돌아와 겨울에 망가진 둥지를 손본다. 새 짚과 잔가지, 보푸라기 실로 둥지를 수선한다. 새는 금세 알을 낳고, 잠시 먹이 구하러 갈 때를 제외하고는 계속 알을 품는다. 이어 부리를 크게 벌리는 서너 마리의 새끼를 부화시켜 돌본다.

머지않아 새끼들은 두 발로 서고 날개를 폈다가 오므리고 주위를 둘러본 뒤 어디론가 날아간다. 이 새들은 귀엽다. 내 창가에서 보이는 더 먼 곳의 둥지, 떡갈나무나 노르웨이단풍나무의 가지에 뭔가 덩어리가 진 곳이 있는지 살핀다. 윤기 나는 검은색의 큰 까마귀가 풀밭을 헤집으며 뭔가를 쪼아 먹는다. 가장 신기하고 놀라운 것은 현관 주위를 헬기처럼 날아다니며 끊임없이 윙윙 소리를 내는 벌새다. 접시꽃에 부리를 박고 달콤한 것을 게걸스럽게 빨아 먹고는 이리저리 급격한 방향 전환을 하며 또 다른 먹을거리를 찾는다.

해마다 3월 말에서 4월 즈음 꽃들이 터지듯 피어나고 시드는 것을 본다.

스노드롭이 차가운 땅을 뚫고 솟아나고 크로커스와 눈부신 수선화가 피어난다. 화려한 진홍색이나 황금색을 띤 튤립은 채워주기를 갈구하는, 금속성의 농밀한 형태로 몸을 일으킨다. 6월이면 작약이 베란다 모서리에 줄지어 만발한다. 녹색으로 부푼 꽃봉오리들은 깃털로 된 흰 축구공 모양으로 피어났다가 폭풍우가 몰아치는 밤에 산산이 떨어져 내린다.

은방울꽃들이 있고 뜰에는 오래된 장미꽃 한 무더기가 피어난다. 어느 해는 몇 송이, 다른 해엔 100송이씩 얼굴을 내민다. 배수로를 따라 줄지어 자라는 장미들은 처음에는 흰색, 다음에는 분홍색, 나중에는 붉은색으로 꽃망울을 터뜨린다. 2세기 전에 황소가 걷던 오솔길을 따라 피어났듯이 말이다.

하루는 창밖을 보다가 거대한 기계가 돌아가는 걸 본다. 이웃에 사는 농부가 내 땅에 짙푸르고 무성하게 자란 풀을 수확하러 왔다. 첫 장치는 꼴을 베고 다른 기계가 갈퀴로 모으며 또 다른 장치는 꼴을 둘둘 말아 둥글고 커다란 뭉치로 만든다. 마지막 기계는 이것을 커다란 집게로 잡아 트럭에 싣는다. 예전에는 건초 수레에 실었었다. 겨울에 암소들에게 먹일 꼴을 베는 이웃은 한 번 더 방문하고 나중에 풀이 새로 자라면 세 번째 작업을 하러 온다. 나는 창밖을 바라본다. 이 들판에서 70년 전 나는 할아버지와 함께 말이 끄는 풀 깎는 기계로 꼴을 베었다. 삐져나온 풀을 긴 낫으로 다듬은 뒤 말이 끄는 건초 수레에 던져 넣었다. 그러고는 헛간의 높은 쪽 바닥에 쌓아 올렸다.

그때 4월에 들판에 뿌린 쇠똥 비료는 한 세기 반 동안 풀을 키워냈다. 할아버지가 돌아가신 뒤 수십 년이 지나자 지력이 약해지면서 뉴햄프셔의 모래 많은 흙의 맨땅이 드러났다. 내 이웃은 늦은 봄에 석회를 뿌려준다.

여름 내내 디기탈리스, 향기알리섬, 향수박하 같은 꽃들이 돌아가며 피었다 진다. 야생 칠면조 두 마리가 '고르륵 고르륵' 소리를 내며 헛간으로 향하는 언덕을 거만한 걸음걸이로 올라가는 게 보인다. 그 뒤를 작은 새끼 네 마리가 종종거리며 따라간다. 칠면조 저편으로는 원추리꽃들이 언덕을 따라 피어 있다. 배수로나 저장용 구덩이 주변 공터에 항상 피는 밝은 오렌지색 야생화 말이다. 화사한 카스텔리아가 뒤늦게 깃발을 올린다. 수레국화가 피어나고 미국꽃단풍의 잎들이 가을의 첫 붉음을 화려하게 선보인다.

어느 계절이건 나는 외양간을 본다. 지금 1월에도 날리는 눈을 뚫고 외양간을 보고 있으며 8월에는 널빤지 벽 앞의 선반을 타고 오르는 덩굴장미들을 바라볼 것이다. 여름이 한창일 때도, 어둠이 빨리 찾아오는 11월에도 그럴 것이다. 지금

의자에 앉아 서쪽을 보면 지는 해가 화사한 호박색 광채로 하늘을 물들인다. 짙은 벌꿀색처럼 눈을 풍요롭게 해주는 풍경이다.

페인트칠을 하지 않은 널빤지 벽의 아래쪽은 어두운색이고 석양빛을 제일 오래 받는 꼭대기로 올라가면서 갈색 톤의 노란색이 된다. 외양간의 끝에는 말을 위한 창문이 있다. 거기서 릴리가 고개를 내밀고 4번 국도를 오가는 트럭과 포드 승용차를 세었었다.

나는 지붕의 각도와 물매를 꼼꼼히 살핀다. 지붕은 대칭형이면서 뚜렷하게 비대칭형이기도 한데 끊임없이 형태를 잃었다가 모습을 되찾는다. 80년이 지나는 동안 그곳은 작업용 헛간이었다가 이제 감상용으로 변했다. 4번 국도가 그래프턴 고속도로로 연결되는 길가에 앙상한 느릅나무들이 줄지어 서 있는 모습을 본다. 150년 전 녹색의 싹이었던 이 나무들은 세월의 공격을 받아 벌레 먹은 나무껍질로 변해버렸다.

창문 밖으로 나는 본다. 온통 하얗던 풍경이 연한 초록색으로, 짙은 초록색으로 변하고 노랗고 빨갛게 되었다가 앙상한 가지 아래에서 갈색으로 변하고 다시 눈이 내린다.

　　　7학년 시절부터 나는 시구를 한 줄 한 줄씩 쓰
고 또 써왔다. 두 권의 시집을 낸 이후 나는 『보관해두기에
는 너무 짧은 줄String Too Short to Be Saved』을 썼다. 뉴햄프셔주에
있는 할아버지의 농장에서 보낸 어린 시절의 여름에 대한
내용이다. 이때는 가족 이야기를 털어놓기 위해 줄이 아니라
문단 단위로 썼다.

　시란 뇌의 깊은 곳에서 이미지가 터져 나오는 것이다. 여
기 쓰이는 단어에는 버터 맛이 나는 긴 모음의 풍미가 들어
있다. 나이가 들면서 시가 나를 버렸다. 나는 70대가 되자 무
너져 내렸고 그 앞에 80대라는 절벽이 힐끔 보이더니 이제

는 85세가 되어버렸다. 무려 70년이나 이중모음(시에 쓰이는 단어들의 특징_옮긴이)을 구사하는 행운을 누려온 내가 이것을 불평할 수는 없다.

시에서 나는 소리는 감각적이고 심지어 섹슈얼하다. 마음은 무의식적으로 은유를 쏟아낸다. 시인은 처음에는 자신이 말하는 바를 이해하지 못할 수도 있지만 은유를 통해 감정이 표출된다. 남성 시인이 상상력을 발휘해 달콤한 발음을 만들어내려면 호르몬이 폭발해야 한다. 하지만 남성호르몬이 사라지면…….

내 마지막 시집이 나왔다. 한 줄 한 줄이 아니라 문단 단위로 쓴 글이다. 창밖을 내다보고 거기 보이는 것들에 대해 적었다. 눈이 내리고 수선화들이 폭발하듯 피어나고 있었다. 나는 문단과 문장을, 빠르고 느린 리듬을, 오르고 내림을 탐닉하면서 마지막 충만을 향해 즉흥적으로 써 내려갔다.

글쓰기의 가장 큰 즐거움은 고쳐쓰기에 있다. 내 초기 원고는 언제나 비참한 수준이다. 처음에는 '움직이다' 같은 일반 동사를 '빠르게'라는 부사로 수식한다. 60차례 시도한 끝에 나는 특정한 재치 있는 동사를 이끌어내고 부사를 버린다. 원래는 "시가 나를 갑자기 떠났다"라고 썼다가 12차례 수정한 뒤 "시가 나를 버렸다abandoned"라고 고쳤다. 여기에 자기 연민을 피하기 위해 문장을 하나 덧붙였다("이것을 불평할 수는 없다"라는 문장을 의미한다_옮긴이).

의사가 나에게 당뇨병이라고 알려줬을 때 나는 믿을 수가 없어서 "당뇨 전 단계란 얘기지요"라고 그에게 말했다. 이 책을 쓰면서 나는 스스로의 바보 같은 짐작을 조롱하기 위해 동사를 하나 고쳤다. "'당뇨 전 단계란 얘기지요'라고 그에게 설명했다(환자가 의사에게 '설명'하다니_옮긴이)."

퇴고는 시간이 걸리는 길고도 즐거운 과정이다. 이 책에 실린 에세이 중 일부는 80차례 이상 고친 것이고 가장 적은 것이 30차례 퇴고한 것이다. 산문시를 쓸 때 나는 이보다 좀 빨랐었다. 이제 나는 세심한 주의가 필요한 대목들을 더 많이 발견하는 것인지도 모른다. 실은 나이가 들어 적절한 단어에 도달하는 속도가 느려진 탓일 가능성이 더 크다.

퇴고를 너무 많이 하는 탓에 나는 자신에게 지나치게 엄격하다는 비판을 받았다. 사실을 말하자면 나는 나에게 관대하다. 다만 퇴고 작업을 너무나 사랑할 뿐이다.

한때 나는 윌리엄 숀William Shawn과 함께 일했다. 그는 1952년부터 1987년까지 《뉴요커》의 편집장이었는데 문장을 까다롭고 세심하게 검토한 뒤 예의 바르면서도 격렬하고 집요하게 수정을 요구한 것으로 유명하다. 처음에 잡지의 교정쇄가 내게 배달된다. 매 쪽마다 문장을 고칠 것을 제안하거나 요구하는 글이 수백 건씩 적혀 있었다. 수정본이 도착할 때면 쪽마다 거의 30건의 물음표가 달려 있었다. 잡지가 출간되기 일주일 전이면 오후 6시에 전화벨이 울린다. "홀 선생, 에세이를 검토할 시간이 되시나요? 몇 시간이 걸릴 수도 있습니다." "계속하세요. 숀 편집장." "첫 문장에 쉼표가 연이어 나옵니다. 이걸 삭제하는 편이 더 나을 거라고 생각합니다."

구절과 쉼표를 고치면서 나는 이해했다. 리듬과 박자는 의미와 별 관련이 없으며 독자를 편안하게 안내하는 것이 주된 임무라는 사실을 말이다.

하나의 문장은 세 개 이상의 길고 완전한 절이 함께 춤을 추는 장문일 수도 있고 두 절이 서로에게 기대는 것일 수도 있다. 혹은 짧은 음절의 구가 하나 추가된 정도일 수도 있다.

문장과 문단은 인간이 저마다 다르듯이 매우 다양하다. 나는 한 문단이 세 페이지에 이르는 글이 주는 효과를 사랑한다. 존 맥피John McPhee의 글이 그런 예다. 문맥이 교묘하게 달라지면서도 결코 그런 느낌을 주지 않으면서 하나의 문장으로 접착돼 있는 것이다. 그리고 세 페이지에 이르는 문단 다음에 한 줄짜리 문장이 불쑥 튀어나올 수도 있다.

글을 쓰다 마주치는 문제들 중에는 배워서 미리 피할 수 있는 것들이 있다. 예컨대 내가 쓴 시나 에세이는 대부분 끝이 너무 길게 이어진다. '혹시 이해하지 못했을까 봐 덧붙이는데, 방금 내가 한 말은 이런 의미다.' 이 같은 표현은 잘라내라. 단어들로 하여금 섬광처럼 결론을 내리게 만들고 당신은 빠져나와라.

독자와 페이지 사이에 필자(나, 나 자신)가 침입할 때가 있다. '나'라는 주어로 문단을 시작하지 말라. 문단뿐 아니라 문장 자체를 인칭대명사로 시작하지 않도록 노력하라.

'나를', '나의' 같은 표현을 가능하면 피하라. 회고록을 쓸 때 다음과 같이 쓰지 말라. '어린 시절 내게 아무 일도 일어나지 않았다는 것을 나는 기억한다.' 그 대신 '어린 시절 아무 일도 일어나지 않았다'라고 쓰라.

그럼에도 불구하고 나는 70년가량 나 자신에 대해 글을 써왔다. 내 글은 낯익은 장면으로 이어진다(누군가와 만난다. 우린 담소하고, 무언가가 내 기억을 일깨운다. 어떤 일화를 얘기하기 시작한다). 상대방은 미소를 지으며 머리를 아래위로 끄떡인다. 내 앞의 여인은 이미 다 알고 있기 때문이다. 어쩌면 내가 그 이야기를 책에 세 차례나 적은 탓일 것이다.

가능하면 인칭대명사를 쓰지 말라. 사적인 자아를 내놓지 말라는 이야기다. 나의 첫 시집 속엔 '나(I)'가 있다. 그러나 그것은 외떨어져 있고 뻣뻣한 시적인 '자아'였다. 내가 썼던 것 중 최고의 시와 산문 속에서 나는 점점 더 벌거숭이가 되어갔다. 그 벌거벗음은 옷을 입음으로써 스스로를 위장한다.

문체에 대해 빈틈없는 열정을 지녀야 한다. 여기에는 단어의 선택, 구문, 구두법, 순서, 리듬, 구체성이 모두 포함된다. 작가는 이를 통해 외양간과 접시꽃에 대한 묘사뿐 아니라 자신이 느끼는 감정과 역감정도 제시하는 것이다.

에세이는 천국과도 손을 잡고 지옥하고도 악수를 한다. 이 점에서는 시나 이야기나 소설과 다르지 않다. 삶을 이루는 세포의 구조가 모순이라고 받아들이면 된다. 어떨 때는 북쪽이 지배하고, 어떨 때는 남쪽이 장악한다. (에세이에 아무리 작은 것이라도 모순이 존재하지 않으면 그 글은 망한 것이다.) 나는 창밖을 내다보며 참새와 눈과 키어사지산과 라일락 그리고 야생 칠면조를 보며 즐거워한다. 하지만 그런 모습만으로는 불완전한 에세이가 된다. 어떤 모순, 어떤 비열함 또는 어리석음이 필요하다. 운 좋게도 난 그걸 찾았다. 〈창밖 풍경Out the Window〉이 활자화됐을 때 100통의 독자 편지가 왔다. 〈프레시 에어Fresh Air〉의 테리 그로스Terry Gross가 나와 인터뷰를 했다. 거의 모든 사람이 풍경에 버금가는 관심을, 한 얼간이의 맘마

사건에 표시했다. 국립미술관의 해당 경비원에게 감사드리는 바다.

몇 차례의 워싱턴 방문은 내 인생의 중요한 분기점과 관련이 있다. 1945년에는 거기서 승전 기념 퍼레이드를 지켜봤다.

가장 기억에 남는 것은 2011년 3월 초의 마지막 방문이었다. 그때 나는 국가예술훈장을 받으러 린다와 함께 갔다. 우리는 이틀 전에 도착해 국립미술관, 허시혼미술관 그리고 필립스미술관 등지에서 그림과 조각을 둘러보았다.

오래 서 있지 못하는 나를 휠체어에 태우고 린다가 누빈 미술관이 족히 1,000개는 될 것 같다. 훈장 수여식이 있던 날도 린다는 윌러드 인터컨티넨털 호텔에서 백악관까지 나를 데리고 갔다. 보안 검색대를 통과하기 위해 기다리는 동안 휠체어에서 고개를 들자 필립 로스Philip Roth의 얼굴이 눈에 띄었다. 오래전의 일이 가물가물하게 기억났다. 그의 소설을 아주 좋아했었다.

그의 시선이 호텔 휠체어에 앉은 내게 머물렀다(덥수룩한 수염, 이리저리 뻗친 머리카락, 세월이 할퀴고 지나간 몸). 이윽고 그는 말했다. "50년 전에 뵀었지요? 오랜만이네요!"

대체 어떻게 나를 기억한 걸까? 우리는 1950년대에 조지 플림턴George Plimpton의 거실에서 인사한 적이 있었다.

나는 『유령 퇴장Exit Ghost』에서 그가 조지에 대해 쓴 글을 칭찬했다. 그는 기뻐하는 듯 보였다. 그리고 휠체어에 앉은 나를 내려다보며 물었다. "어떻게 지내시나요?"

"잘 지내요." 내가 대답했다. "나는 아직 글을 쓰고 있거든요."

그가 대꾸했다. "그것 말고 또 뭐가 있기나 할까요?"

1945년 열여섯 살이던 나는 기차를 타고 워싱턴 유니언 역으로 갔다. 엑서터고등학교(미국 최고의 명문 사립고등학교_옮긴이) 시절의 친구인 테드 루이스를 만나기 위해서였다. 기차역은 항공 여행이 아직 보편화되지 않았던 당시의 다른 도시들의 역사와 마찬가지로 웅장한 시멘트 건축물이었다. 테드는 나를 태우고 부모님 아파트가 있는 알렉산드리아로 갔다. 거기서 그의 부모님과 남동생 제이와 인사를 했다. 그의 아버지 테드 루이스 시니어는《뉴욕데일리뉴스》에서 워싱턴과 관련한 칼럼을 담당하고 있었다. 유서 깊은 자유주의자가 상관들 구미에 맞는 보수적인 의견을 제시하는 셈이었다.

그는 냉소적이면서 명석했으며 재미있었다. 일주일 동안 나와 내 친구는 차를 타고 돌아다니며 대화를 했다. 어느 토요일 저녁 YMCA 댄스파티에 함께 갔을 때 나는 아직 열여섯이 안 돼 보이는 예쁜 소녀에게 끌려서 작업을 걸었다. 그녀는 자신을 감리교 신자Methodist라고 소개했다. 자만심이 크고 그녀보다 한 살 위였던 나는 닥터 메소드와 미스터 이스트에 관해 떠들었다. 당연히 그녀는 그들의 이름을 들어본 적이 없었다.

테드는 내게 워싱턴 구경을 두루 시켜주었다. 우리는 링컨기념관, 제퍼슨기념관 그리고 내셔널몰 공원에 솟은 페니스 모양의 기념탑 등을 돌아다녔다. 국립미술관이나 의회도서관이나 백악관 같은 곳은 쳐다보지도 않았다. 다만 한 가지 어느 누구도 다시 겪을 수 없는 경험을 했다. 나와 테드 그리고 제이는 펜실베이니아주 애비뉴Avenu 가장자리에 도열해 아이젠하워Dwight Eisenhower의 귀환 퍼레이드를 지켜보았다. 그때는 대독 전승일이 지난 지 얼마 되지 않았던(대일 전승일은 얼마 남지 않았던) 시기였다. 장군은 무개차 뒷좌석에 꼿꼿이 서서 승리를 나타내는 'V' 모양으로 양팔을 머리 위로 든 채 우리 앞을 지나갔다. 우리는 그에게 환호를 보냈고 길고도 잔인했던 전쟁의 종말을 축하했다. 우리 중 누구도 아이젠하워가 대통령에 출마했을 때 그에게 투표하지 않았다. 우리 중 누구도 그날의 퍼레이드를 잊지 않았다.

워싱턴을 두 번째로 방문한 것은 그로부터 24년 후였다. 1969년 11월 15일, 당시 10대였던 아들 앤드루와 동행했다. 내가 교수로 재직하고 있던 앤아버에서 야간 버스를 타고 밤새도록 달려갔다. 베트남전쟁과 닉슨Richard Nixon 대통령에 반대하는 행진을 하기 위해서였다.

그때는 워터게이트 사건이 일어나기 전이었다. 그날의 시위에 관해서는 기억나는 게 별로 없다. 다만 주로 대학 캠퍼스에서 온 버스들에서 무리 지어 내리던 학생들은 기억에 남는다. 명예롭고 소란스러운 열정을 가지고 가두 행진에 참여하기 위해 달려왔던 수많은 사람 말이다. 그 많은 사람의 모습이 기억에 남아 있을 뿐이다. 그 시절엔 열다섯 살이나 마흔한 살이나 가리지 않고 머리를 길게 기르고 다녔다. 법무부를 지나칠 때 '저 위에서 존과 마사 미첼John and Martha

Mitchell(닉슨 행정부의 법무장관을 지내고 닉슨의 1972년 대통령 선거에서 선거대책위원장을 맡아 워터게이트 사건에서 여러 범죄를 저지른 인물과 그의 부인_옮긴이)이 떨고 있겠지' 하는 생각에 즐거워했던 기억이 난다. 테드 루이스에게 전화를 걸어 우리가 무엇을 하고 있는지 알렸다. 그는 자신의 아버지와 함께 내셔널프레스클럽에서 점심을 하자고 초대해주었다. 기분 좋은 특혜를 받은 우리는 무리에서 빠져나와 친구들이 기다리고 있는 식당에 들어섰다. 출입문 바로 앞 테이블에 두 남자가 앉아 있었다. 그중 한 명이 아는 사람이어서 깜짝 놀랐다. 엑서터고등학교에 다닐 때 알았던 찰스 월도 베일리 2세Charles Waldo Bailey II 였다. 명석하고 잘난 척하던 소년이던 그는 나중에 《스타트리뷴》의 워싱턴 주재원이 됐다. 베일리는 정장을 입고 있었고 그와 동석한 남자도 마찬가지였다. 아니 식사 중인 모든 사람이 정장 차림이었다. 나와 앤드루는 긴 머리를 묶어 늘어뜨렸고 우리의 정치적 성향을 밝히는 티셔츠를 입고 있었다 (이러한 외견은 우리가 몸에 거는 목걸이나 팔찌 그리고 불순한 내용을 담은 배지와 마찬가지로 일종의 자기소개서였다). 내가 인사를 건네자 베일리는 고개를 들어 우리 쪽을 봤는데 그의 반응은 그 앞에 놓인 맨해튼 온더록스 칵테일만큼이나 차가웠다. 그의 동료는 진저에일이 담긴 유리잔만 뚫어지게 응시했다. 베일리 때문에 언짢았던 나는 루이스 부자와 동석한 뒤 그의 무례함에 대해 불평했다. 테드의 아버지가 눈을 가늘게 뜨고 그쪽을 보았다. "그 애가 점심을 함께 먹고 있는 사람은" 그가 말했다. "론 지글러Ron Ziegler구나." 우리 모두는 닉슨의 언론 담당 비서의 이름을 알고 있었다.

지글러가 자리를 뜨자, 찰스 윌도 베일리 2세는 우리 쪽으로 건너와 다정하게 굴었다. 캄보디아를 폭격할 계획의 비밀을 유지하기 위한 위장이라는 점은 의심할 여지가 없었다.

다음 방문은 1980년 1월에 제인과 함께 지미 카터Jimmy Carter가 주관하는 시 모임에 참석하러 비행기를 타고 갈 때에야 성사됐다. 그 당시 아직 시집을 출간하지는 않았지만 대통령이 시를 좋아한다는 것은 잘 알려져 있었다. 레이건 Ronald Reagan 취임 1년 전에 카터 대통령 내외는 미국의 시인들에게 경의를 표하기로 했다. 제인과 내가 택시에 타고 우리가 입장할 입구를 찾기 위해 백악관 주위를 돌고 있는데 많은 관광객이 백악관에 들어가려고 기다리고 있는 게 보였다. '들어가려고 줄 서 있는' 나는 웃으면서 말했다. "시인들이로구먼." 택시가 정차하고 우리도 시인들 뒤에 가서 섰다.

시인의 무리는 꽤 컸다. 어림잡아 예순 명 정도의 시인과 그들의 동행이 한 명씩 있었다. 줄에 선 사람들은 보안검색대를 통과하며 서서히 목적지로 향했다. 내 앞에 서 있는 사람이 어느 책 표지에서 본 얼굴이 틀림없다고 느껴졌다. 그리고 이내 그가 바로 『온기에 귀를 기울이자Listen to the Warm』의 저자인 당대의 베스트셀러 시인 로드 맥퀸Rod McKuen임을 기억했다. 각 세대별로 고등학교 남학생들이 여학생들을 함락시켜보려고 시를 낭송하는 그런 시인이 한 명쯤은 있게 마련이다. 내가 그 나이였을 때에는 『이 사람이 내 사랑이요This Is My Beloved』를 쓴 월터 벤튼Walter Benton이 그 역할을 했다. 그의 시는 출판사들이 내는 광고에서 명시선 편집자였던 루이스 언터마이어Louis Untermeyer의 호평을 받았다("이 시들이 포르노적이라고는 전혀 생각지 않는다"). 그 결과 서점들은 때아닌 10대 고객의 홍수를 맞이했었다. 로드 맥퀸의 시는 포르노그래피에 근접하지는 않았지만 상품성이 뛰어나다는 점에 대해서는 논란의 여지가 없다. 원래 백악관에서는 모임에 초청할 시인들의 목록을 작성해달라고 미국 국립예술기금NEA 측에 요청했었다. 맥퀸은 그 목록에서 빠져 있었다. 그러자 국립예술기금을 향해 거대한 압력이 쏟아졌다. 분노한 대행사들, 홍보 담당자들, 그리고 국립예술기금의 예산을 관장하는 의회로부터도 말이다. 결국 로드 맥퀸도 줄에 섰다.

열두 명의 시인이 세 명씩 한 조가 되어 자신의 시를 낭송했다. 나와 제인은 시 낭송에서 제외되었기 때문에 필립 러빈Philip Levine이 속한 쪽 시인들의 낭송을 경청했다. 그 후에는 모두가 어울려 백포도주를 마시면서 담소했다. 수년 동안 만나지 못했던 하버드대학 동창인 존 애시베리John Ashbery와 에이드리엔 리치Adrienne Rich를 거기서 보았다. 나와 제인은 지팡이를 짚고 다니는 내 오랜 친구 짐 라이트Jim Wright와 얘기를 나누었다(그로부터 얼마 지나지 않아 마운트 시나이 병원에서 그를 만났다. 그다음에는 브롱크스에 있는 호스피스에서 봤는데 그는 거기서 임종했다). 그 밖에 맥신 쿠민Maxine Kumin, 로버트 헤이든Robert Hayden, 그웬돌린 브룩스Gwendolyn Brooks, 로버트 크릴리Robert Creeley 그리고 디 스노드그래스De Snodgrass도 보았다. 우리는 대통령과 악수를 했다. 그는 우리들 한 사람 한 사람과 눈을 맞추며 인사하고 어디서 왔는지 물었다. 당연히 그는 우리 모두가 대학교수일 거라고 예상했을 터이다. 그러나 그때 이미 나는 미시간에서 사직한 후 오래된 본가로 거주지를 옮긴 다음이었다. 내가 "뉴햄프셔"라고 대답하자 그는 고개를 살짝 끄떡이며, "다트머스(대학)?" 하고 물었다. 나는 약간 당황해서 나의 고향 "윌못"을 지목했다. 그는 마치 윌못 주립대학을 기억해내기라도 한 것처럼 "오"라고 말했다. 사실 윌못에는 대학은커녕 가게도 하나 없다.

국립예술기금은 린든 존슨Lyndon Johnson이 대통령이던 1965
년 의회 결의에 의해 설립되었다. 예술가와 예술기관, 다시
말해 화가와 미술관, 작가와 출판사들에 지원금을 나눠주는
것이 업무였다. 1980년대 후반 나는 국립예술기금의 패널로
워싱턴에 두 번 더 왔었다. 한번은 시인들에게 장학금을 주
기 위해, 또 한번은 문학 단체들에게 후원금을 주기 위해서
였다. 그리고 1991년 국립예술기금의 위원이 되었다(내가 그
직책을 맡은 이유는 의회로부터 공격을 받고 있던 외설 예술을 보호하기 위해
서였다). 나는 (워싱턴의 전망대 역할을 하는) 옛 우체국 건물Old Post
Office에 위치한 국립예술기금 지부에서 열린 지루한 세션들
에 출석을 했고 한편으로는 백악관에서 진행된 1991년도
국가예술훈장 수여식에도 참석했다. 당일 식장에 앉아 아버
지 부시George H. W. Bush 대통령이 훈장을 수여하는 걸 지켜보
았다(1948년에 그를 본 적이 있다. 나는 하버드대학 신입생이었고 그는 2차
세계대전 참전용사이자 예일대학팀의 1루수였다).

부시는 단상 위에 서 있고 한 해병이 컨트리 가수 로이 에
이커프Roy Acuff를 부축해 두 계단을 올라 메달을 수여받으러
가는 것을 도왔다. 그날 상을 받은 사람들 중 몇몇은 기억나
지 않지만 그렇지 않은 사람들도 있다. 화가 리처드 디벤

콘Richard Diebenkorn, 무용수 펄 프리머스Pearl Primus, 그리고 바이올리니스트 아이작 스턴Isaac Stern이다. 대통령이 한두 마디 했다. 이 텍사스 출신 석유업자는 딱딱한 아이비리그 억양을 구사했다. 그리고 한 사람 한 사람의 목에 리본을 걸었다. 수상자들은 일렬로 서서 부시와 악수를 했다(제인은 그 후 일주일 동안 내 손을 만지려고 하지 않았다). 오찬을 위해 다른 방으로 이동했다. 대통령은 온건한 인사말을 했고 오찬은 훌륭했다. 커피가 나온 다음에 부시가 숟가락으로 자기 물컵을 두드리며 일어섰다. "여러분," 그가 말했다. "예술가 여러분은 어떨지 몰라도 내게는 할 일이 있답니다." 우리는 의무에 충실하여 조용히 웃어주었다. "여러분들은 모두가 예술계의 영웅이십니다. 하지만 다른 분야의 영웅도 존재합니다. 지금부터 50년 전에 조 디마지오Joe DiMaggio는 66게임 연속 안타 기록을 세웠고 테드 윌리엄스Ted Williams는 0.406의 타율을 기록했습니다." 그가 팔을 들어 방 저쪽을 가리켰다. 우리는 모두 몸을 돌려 방 입구 쪽을 바라보았고 거기에 조 디마지오와 테드 윌리엄스가 웃으며 서 있었다. 예술가 영웅들은 벌떡 일어나서 기립 박수로 환영했다. 아이작 스턴은 뚱뚱하고 작은 키의 노구인데도 열정적으로 손뼉을 쳤다(그 와중에 문간에 서 있던 장신의 사나이들은 갑자기 나타났던 것처럼 순식간에 사라졌다).

이윽고 이야기가 돌았다. 오늘 오후에 대통령의 할 일이라는 게 윌리엄스와 디마지오를 대동해 비행기를 타고 캐나다 토론토에서 열리는 프로야구 올스타게임에 가는 것이라고 말이다.

1995년 제인이 백혈병으로 세상을 떠났다. 나는 깊은 슬픔에 잠겨 애도했으며 그녀에 대해 글을 썼다. 대학들과 학회에서 그녀와 나의 시를 낭송했다. 그리고 한참 후에 나는 1년간 미국 계관시인에 선정되었고 그 덕에 워싱턴의 미술관을 더 많이 돌아볼 수 있었다. 의회도서관은 쾌적했고 내게 여러 가지 편의를 제공했지만 나는 비생산적인 계관시인이었다. 1년이 지나 그 영예에서 그만 사퇴하기로 했다. 그 후에는 다이앤 렘Diane Rehm과 인터뷰를 하기 위해 린다와 워싱턴을 방문했었다. 그 후 내 딸 필리파의 쉰 번째 생일파티에 참석하기 위해 또 한 번 갔었다.

그런데 2011년 2월의 어느 날 국립예술기금의 운영자로부터 전화가 왔다. 오바마Barack Obama 대통령이 3월 2일 내게 국가예술훈장을 수여할 것이라고 했다. 20년 전엔 아버지 부시가 다른 사람들 목에 훈장을 거는 걸 지켜보기만 했었는데 이제는 내가 워싱턴에 돌아가 훈장을 받게 된 것이다. 2011년 수상자들 중에는 음악 관련 사람들이 많았다. 반 클라이번Van Cliburn, 제임스 테일러James Taylor, 서니 롤린스Sonny Rollins, 그 밖에 예술가들, 감독들, 전기 작가들 그리고 단체들이 포함돼 있었다. 메릴 스트리프Meryl Streep는 런던에서 마거릿 대처 역할을 하느라 수상식에 참석하지 못했다. 엘라 바프Ella Baff가 제이컵스 필로Jacob's Pillow와 소속 무용수들을 대표해 예술훈장을 받았다. 미국 국립인문기금도 그날 공동으로 시상식을 진행했는데, 특이하게 세 명의 소설가가 포함돼 있었다. 필립 로스는 클린턴 정부 때 이미 예술훈장을 받았는데 이번에 인문훈장을 받은 것이다. 너무나 기쁘게도 내 친구 조이스 캐럴 오츠Joyce Carol Oates와 웬들 베리Wendell Berry가 나머지 작가 수상자였다. 나는 인문기금 관리자에게 어째서 작가들이 예술이 아닌 인문 분야에 속하게 됐는지를 물어봤다. 그녀의 대답은 아무도 모른다는 것이었다.

시상식 전날 밤, 두 기금은 거창하고 정신 나간 듯한 정장 차림 만찬을 주최하였다. 아마도 평소 박봉을 받는 직원들을 1년에 한 번 위로해주는 행사였던가 싶다. 그날 저녁 가장 기억에 남는 순간은 인도의 영화 제작자 미라 나이르Mira Nair가 격조 높은 기조연설을 한 것이었다. 우리 모두 엄청나게 차려입은 상태였다. 웬들이 평소에 입고 다니는 헐렁한 작업복 대신 쫙 빠진 턱시도를 입고 있는 모습은 충격적이었다.

린다는 윗부분에 반짝이가 달린 화려한 롱 드레스를 입고 왔는데 헌 옷 가게에서 37달러 45센트에 구매한 것이다. 나의 정장이란 50년 된 아크릴 턱시도에 밋밋한 흰 셔츠 그리고 간편 넥타이가 다였다.

다음 날 오후 우리는 행사 한 시간 전에 백악관에 도착했다. 제복을 입은 남자와 여자들이 아름다운 방들을 우리에게 잠시 보여준 다음, 메달 수여식이 진행될 텅 빈 이스트룸을 보여주었다. 우리는 각자에게 배정된 의자에 앉아 의전을 연습했다(단상에 어떻게 올라갈지, 대통령을 향해 어떻게 몸을 돌릴지, 우리 자리로 어떻게 돌아올지). 덩치가 작은 해병이 우리 이름을 크게 호명하는 연습을 했다. 반 클라이번이 자기 이름의 모음 발음 한 개를 바로잡아주었다. 마크 디 수베로Mark di Suvero는 발음을 자세하게 일러줬다. 내 이름은 아무 문제 없었다. 우리 대부분은 짙은 색 정장을 입고 있었다. 서니 롤린스는 하늘거리는 붉은 셔츠를 입었고 마크 디 수베로는 밝은 붉은색 상의를 입었다. 엘라 바프의 구두도 그에 못지않게 붉었다. 내 계획은 마지막 한 벌 남은 정장인 파란색 실크 양복을 입는 것이었다. 하지만 1993년 인도 봄베이(뭄바이의 옛 이름_옮긴이)에서 산 이 양복은 바지가 맞지 않았다. 계관시인 수상 때 입었던 의상과 회색 플란넬 바지들은 모두 좀이 먹어버렸다.

그래서 나는 카키색 바지와 어젯밤 입었던 흰 셔츠를 가릴 수 있는 검은 재킷을 찾아 입었다. 여기에 상하이에서 구입한 아끼는 실크 넥타이를 맸다.

다른 참가자들이 도착해서 준비를 마치는 동안 우리는 옆방에서 대기했다. 이윽고 줄지어 중앙 통로를 따라 내려가 앞쪽에 마련된 지정석에 가서 앉았다. 밴드는 연주를 멈췄고 박수가 쏟아졌다. 미셸 오바마Michelle Obama가 맨 앞줄에 반짝이는 초록색 드레스를 입고 앉아 있었다. 엄숙한 톤의 정장을 입은 대통령이 메달이 잔뜩 쌓여 있는 테이블을 지나며 입장했다. 그는 오늘 행사가 그의 다른 업무에 비해 매우 즐거운 것이라고 말했다. 그는 예술과 문학이 핵심적 역할을 한다며 칭송했다. 그리고 로버트 프로스트의 러시아 방문과 필립 로스의 작품 『포트노이의 불평Portnoy's Complaint』을 언급하였다. 내 귀에 들리는 건 내 심장이 뛰는 소리가 거의 다였다. 그가 말을 멈추자 해병이 우리를 한 사람씩 호명했다. 나는 전 계관시인으로 소개되며 호명됐다. 한 병사가 내 팔을 잡고 계단을 오르는 걸 도와주었다. 조금 전에 로이 에이커프가 병사의 부축을 받으며 두 계단을 오르는 걸 본 대로였다. 대통령에게 내가 그를 얼마나 흠모하는지 말해주었다. 그는 내 어깨를 안고 몸을 굽혀 내 왼쪽 귀에 입을 대고 여러 문장을 말했다. 나는 왼쪽 귀가 먹어서 전혀 들리지 않는다. 내게 들리는 것은 오로지 내 심장이 뛰는 소리뿐이었다. 인터넷으로 대통령이 내게 얘기하는 장면을 본 친구들이 그가 뭐라고 한 거냐고 물었다. 나는 그들에게 그가, "당신의 작품들은 모두 이루 말할 수 없이 훌륭하다"라고 했거나 "당신의 작품들은 하나같이 쓰레기다"라고 했거나, 이 둘 중의 하나를 말했던 것 같은데 어느 쪽인지 알 수가 없다고 했다.

그는 무거운 황금빛 메달이 달린 보라색 리본을 내 목에 걸어주었다. 그리고 병사가 나를 부축해 내려다 주었다. 모두가 메달을 받은 뒤 우리는 내려왔던 통로를 다시 거슬러 올라갔다. 낸시 펠로시Nancy Pelosi가 앉아 있었고 나는 그녀를 향해 엄지를 추켜올렸다. 그 전에 있던 옆방으로 돌아가자 대통령과 영부인이 우리와 합류했다. 먼저 모두 다 함께 줄지어 단체 사진을 찍고 다음엔 대통령 내외 사이에 한 명씩 서서 개인 사진을 찍었다. 한 사람당 2초씩 포즈를 취했고 그다음 수상자가 다시 자리를 채웠다. 몇 주 후에 버락과 미셸 오바마가 (실제로) 서명한 사진을 받았다. 가로 30센티미터, 세로 25센티미터 정도의 크기였다. "영감을 불러일으키는 작품들을 오랫동안 발표해온 당신께 감사드립니다!" 이 문구는 모두에게 해당됐다. 사진 속 영부인과 대통령은 둘 다 눈부시게 활짝 웃고 있다. 하지만 나는 사진을 찍을 때 절대 미소를 짓지 못한다. 우아하고 훤칠한 두 사람 사이에 푹 꺼진 내 모습은 딕 체니Dick Cheney만큼이나 심통 맞아 보였다.

우리는 다시 일상의 세계로 나왔다. 난 린다와 내 손녀 앨리슨과 포옹했다. 앨리슨은 바사대학에서 미술사와 영어를 전공했는데 이번 행사에 나의 게스트로 이름을 올릴 수 있었다. 또한 만나리라 예상하지 못했던 친구들도 보았고 다른 수상자들과도 대화를 나눴다. 우리는 조용하고 수줍어하는 무리였다. 그런데 무알코올 음료를 약간씩 마신 지 10분쯤 지나자 마치 모두가 마티니 열두 잔씩은 들이마신 것처럼 돌변했다. 모든 이들이 목청이 커지고, 다정해지고, 거나해졌다. 나는 제임스 테일러에게 우리가 언젠가 서로 무슨 일을 하는지 모른 채 연단 위에 함께 앉은 적이 있다고 말했다. 조이스 캐럴 오츠와 담소를 나눴고 웬들 베리에게 아주 반갑게 인사했다. 마크 디 수베로, 엘라 바프 그리고 반 클라이번은 한껏 고양된 상태였다. 서니 롤린스는 조용했고 대화하기 제일 편했다. 내 아들이 그의 9·11 콘서트를 보고 왔기에 아들이 나타냈던 감사의 마음을 그에게 전했다. 린다는 30분가량 그와 정치와 문학에 관해 담소했다. 두 사람은 주소를 교환했고 서로 편지를 주고받는 사이가 되었다. 앨리슨은 그동안 읽고 들어봤던 작가들과 음악가들 사이를 누비고 다녔다. 모든 사람이 모든 사람과 포즈를 취하고 서 있는 모든 사람의 사진을 찍었다.

서서히 사람들 수가 줄었다. 탈진한 우리 그룹은 윌라드 호텔로 돌아갔다. 나의 에이전트가 우리와 베리 부부를 저녁식사에 초대했다. 스물세 살이던 앨리슨이 와인 한 잔을 마시려다 신분증 검사를 받았다. 나의 아름다운 손녀의 맞은편에 앉았던 웬들은 자기도 신분증 검사를 받겠다고 우겼다. 그는 우리들 한 사람 한 사람과 모두 대화를 나눴다. 그의 웃음소리는 제인이 말하던 대로 온 우주를 통틀어 가장 듣기 좋은 소리였다. 식사를 마치고 나서 택시를 타고 윌라드 호텔에 도착했을 때, 나는 빈틈없던 그날의 일과를 내 특유의 침착함으로 완성했다. 완전히 말짱한 정신으로 택시에서 내리면서 앞으로 고꾸라졌는데 호텔 직원이 간신히 나를 허공에서 붙잡았다.

아이젠하워의 퍼레이드 이후 60년도 더 지난 지금, 다시 한 번 워싱턴을 뒤로하고 뉴햄프셔의 고독한 일상으로 돌아왔다. 지난 수십 년 동안 이어진 워싱턴 방문들은 내게 정말 소중하다(베트남전쟁 반대 행진을 했던 일, 지미 카터가 주최한 파티, 용납받지 못하는 예술을 옹호했던 것, 아이작 스턴이 받았던 영예, 야구 선수들의 강림, 딸의 쉰 번째 생일, 오바마 대통령과의 포옹). 그러나 인생사에 좋기만 하거나 나쁘기만 한 일은 없는 법이고, 영예를 받으면 피할 수 없이 자신의 참 능력에 대한 의구심이 생기는 것이다. 누구나 훈장이 전부가 아니라는 것을 안다. 승전 기념 퍼레이드를 하는 동안 아이젠하워는 실상 조지 마셜George Marshall이 자신보다 훌륭한 장군일지 모른다고 생각했을까? 내 딸은 생일파티를 하며 행복해했지만 이제 10년이 지나면 예순 살이 된다는 생각도 했을 것이다. 내 친구 중에 퓰리처상을 받은 한 여성은 만약에 자기가 전미도서상마저 수상한다면 자기 글들이 구제 불능이라는 사실을 증명하는 셈일 것이라고 말했다. 2011년 워싱턴은 집으로 향하는 내게 쓸모없다는 자괴감 외에 무아지경의 황홀함도 느끼게 해주었다.

집에 돌아온 다음 날부터 다시 글을 쓰기 시작했다. 그것 말고 또 뭐가 있을까?

그런데 급전직하의 실망스러운 결말이 있었다. 린다와 내가 집에 돌아왔을 때 지역신문인《콩코드모니터》다섯 부가 배달돼 있었다. 아침 신문 배달부가 친절을 베푼 것이다. 1면 머리기사에 대통령이 나를 내려다보면서 목에 메달을 걸어주는 사진이 실렸다. 나는 깔끔한 차림의 오바마 앞에 일생에 가장 큰 미소를 짓고 서 있었다. 스포츠 코트와 카키색 바지, 손질 안 된 곱슬머리와 제멋대로인 턱수염을 한 모습이었다. 나는 이것이 생애 최고의 사진이라고 생각했다. 또한《워싱턴포스트》에 블로그를 연재하는 알렉산드라 페트리Alexandra Petri가 제일 좋아한 사진임에도 틀림없다. 신문에 난 다음 날 알렉산드라는 이 기쁨에 찬 사진을 포스팅했다(그녀는 내가 졸업한 지 59년 지난 2010년에 하버드대학을 졸업했다). 그녀는 내가 누구인지 밝혔고, 나를 시인이라 칭했으며 독자들에게 내가 예티(히말라야에 살고 있다는 설인. 설인처럼 보인다는 조롱을 담고 있다_옮긴이)가 아니라고 강조했다. 그녀는 이 사진의 제목을 공모했고 많은 사람이 응했다. 내용은 하나같이 아둔했고, 사진 속의 남자를 조롱하는 데 신나 있었다. 그러다가 반전이 시작됐다. 나는 옹호를 받았고 페트리는 비난을 받았다. 사람들은 나를 시인이라는 이유로 두둔했으며 내 외모에도 불구하고 나를 칭송했다. 필립 테르시안Philip Terzian은《위클리스탠더드》에 고마운 에세이를 써줬지만《워싱턴포스트》를 리버럴이라고 공격했다(보수파 신문인데 리버럴이라고 잘못된 규정을 했다는 의미_옮긴이). 이것은 알래스카주 주지사를 지낸 정치인 세라 페일린Sarah Palin의 관심을 끌었다. 그녀는《워싱턴포스트》에 대항해 이름 없는 "여든두 살의 암 투병 생존자"

를 옹호하는 글을 블로그에 올렸다. 당연히 나는 사람들이 관심을 가지는 것이 즐거웠다. 그것은 내가 들고 있는 아이스크림콘 위에 아이스크림이 한 술 더 얹어진 덤이었다. 이제 우리의 수명이 늘고 있으니 페트리도 대충 백 살까지 살 것이다. 그녀의 턱에 수염이 자라나기를 기원한다.

외길

1952년 12월 나는 첫 번째 아내 커비와 차를 타고 비엔나에서 출발해 러시아 관할 지역을 경유해 유고슬라비아로 향했다. 국경 검문소에 도착했을 때 다른 차는 보이지 않았다. 돌로 만든 2차선 도로 위에서 우리는 티토Tito 원수의 나라에 입국 허가를 받기 위한 서류를 제출했다. 우리의 모리스 자동차로 되돌아오던 길에 오스트리아를 향한 커다란 검은색 차량에서 걸어오는 남자와 마주쳤다. 외교관이나 마피아 두목 같은 중요 인물처럼 보였다. 그는 우리 차의 번호판에서 국가 이니셜을 보았는지 영어로 말했다. 나는 헷갈리는 길 안내서를 손에 들고 있었다. 우리는 그 남자에게 자그레브로 가려면 직진하는 게 맞냐고 물었다. 어깨를 들썩이며 그가 말했다. "유고슬라비아에는 도로가 하나밖에 없어요."

당시는 우리가 결혼식을 올린 지 얼마 안 된 시점이었다. 옥스퍼드대학에서 처음 1년을 마친 나는 당시 여자친구였던 커비와 결혼하기 위해 집으로 일시 귀국했다. 커비와는 소개팅에서 만났다. 대학 룸메이트가 약혼녀에게 부탁해 내게 여자를 소개해주자고 했다. 그때 그녀가 물었다고 했다. "그 남자 키가 얼마나 돼?" 커비는 예쁘고 똑똑하고 고상했으며 키는 185센티미터였다.

난 커비보다 딱 2.5센티미터 더 컸고 그녀의 큰 키가 이국적이라고 생각했다. 각각 3학년과 2학년이던 우리는 같이 있는 게 즐거워서 데이트를 거듭했다. 어쩌다 보니 그렇게 된 것 같다. 내가 옥스퍼드에서 1년을 지내게 되면서 우리는 서로를 그리워했다. 편지를 주고받는 과정에서 우리는 결혼하기로 결정했다.

나는 열일곱 시간에 걸쳐 런던에서 뉴욕으로 비행했다. 항공기는 록히드 컨스텔레이션이었고 꼬리 날개가 세 개였다. 귀국해서 행복했지만 결혼을 준비하느라 곧 정신이 없어졌다. 9월에 식을 올리고는 신혼여행을 떠날 틈이 없었다. 우리는 뉴햄프셔에 사는 내 조부모님을 찾아뵈었다. 할아버지는 심장마비를 겪는 바람에 결혼식에 오지 못했다. (그러고는 여객선 퀸 엘리자베스에 올라 영국 사우샘프턴으로 항해했다.) 코네티컷주에 있는 할아버지 홀은 결혼 선물로 영국제 자동차를 주문해주었다. 아주 소형인 초록색 모리스 마이너였다. 우리가 런던에 도착하면 차를 인수받고 옥스퍼드에서 체류가 끝나면 배로 미국에 부치기로 했다. 나는 자동차 대리점에서 나오자마자 차의 홍수 속에 뛰어들어야 했다. 문제는 생전 처음으로 도로의 왼쪽 편에서 운전을 해야 했다는 점이다. 끔찍했다. 커비는 옆에서 얼어붙었고 나는 옥스퍼드에 도착할 때까지 도로의 왼쪽에서 달리는 데 온 신경을 집중했다. 우리는 밴베리 로드의 월세 아파트에 무사히 도착했다. 칼리지의 학기(1년에 3학기_옮긴이)는 8주 동안 계속됐고 다음 6주는 방학이었다. 그해 가을 나는 옥스퍼드의 듀크험프리스도서관에서 가장 낡고 가장 추운 구역인 보들리언도서관에서 학사 논문을 준비하고 있었다. 커비는 하루하루를 혼자 보내야 했다. 그녀는 대부분의 시간을 앤서니 트롤럽Anthony Trollope의 소설을 읽거나 동네 약국이나 생선 가게, 정육점 같은 작은 상점을 둘러보며 보냈다. 저녁 시간에는 옥스퍼드의 끝없는 파티에 함께 참석했다. 커비에게 이 모임들은 그녀를 전혀 개의치 않는 이방인들이 모인 자리에 불과했다. 시간이 나면 나는 시를 다듬으며 시간을 보냈다. 학기가 끝나갈 때 나는 논문을 쓰기 위한 사전 조사를 끝낸 상태였다. 옥스퍼드의 학기가 새로 시작하는 1월부터 논문을 써나가기로 했다.

6주에 이르는 방학을 어떻게 보내면 좋을까? 또 한 명의 미국인이 해답을 줬다. 자동차를 타고 유고슬라비아로, 거기서 그리스 아테네로 가는 유럽 횡단 여행을 하라고 했다. 운전하기 쉬운 여정이고 날씨도 좋을 거라고 했다. 우리가 가지 못한 신혼여행이 될 것이었다. 그리하여 우리는 12월 중순에 옥스퍼드에서 출발해 영불해협 항구에 도착했다. 밤새 항해하는 페리를 탈 생각으로 저녁밥을 먹고 차에 올랐다. 출발한 지 얼마 지나지 않아 우리는 런던의 안개, 회색 플란넬 같은 무거운 공기에 휩싸였다. 나는 차를 시속 16킬로미터로 몰았다. 왼쪽 차바퀴는 계속 얕은 도랑에 빠뜨린 채였다. (오가는 차량은 당연히 별로 없었다.) 교차로를 지날 때마다 도랑이 사라졌다. 그러면 커비가 차에서 내려 모리스 앞 30센티미터 지점에 앞장서서 다가오는 헤드라이트들을 왼쪽, 오른쪽으로 살피며 인도했다.

난 그녀 뒤를 따라 기어가다시피 운전했다. 겨우 페리에 차를 실었을 즈음엔 둘 다 완전히 겁에 질린 상태였다. 그래도 해협을 건너는 동안 잠을 잔 뒤에 안개가 없는 새벽에 프랑스 땅에 도착했다. 도로 오른편에서 운전할 수 있어서 정말 편안했다. 높다란 포플러들을 지나쳤다. 노동자들이 자전거를 세워놓고 하루의 첫 번째 코냑을 마시는 카페들도 지나쳤다. 우리는 독일에 가서 하룻밤을 자고 비엔나를 향해 출발하기로 했다. 당시는 전쟁이 끝난 지 겨우 7년이 지났을 때였다. 숙박업소 주인은 30대쯤에 목이 굵고 아주 힘이 세 보였다. 되도록 그 남자를 쳐다보지 않으려 했다. 비엔나는 그때까지 4대 강국이 관할하고 있었고 우리는 미국령에 있는 호텔을 잡았다. 첫날 아침에 소련 대사관을 찾아가 통행 허가 서류를 작성했다. 유고슬라비아로 가려면 러시아 관할 지역을 통과해서 오스트리아를 빠져나와야 했기 때문이다. 인민의 관료제도가 그의 때를 기다리는 동안 우리는 우리의 때를 기다렸다. 비엔나는 조용했다. 나는 내 시들을 고쳤다. 그 당시 오슨 웰스Orson Welles의 영화가 크게 유행하고 있어서 커비와 내가 지나치는 카페마다 치터(평평한 공명상자에 30~45개의 현이 달려 있는 현악기_옮긴이)로 연주하는 〈제3의 사나이Third Man〉의 주제가가 울려 퍼졌다.

커비는 한 달 전에 스물한 살이 됐고 나는 스물네 살이었다. 당시는 결혼을 일찍 하는 시절이었고 일찍 이혼하는 경우도 많았다. 앞서 부모님들께 여행을 떠난다고 편지를 보냈지만 그 소식은 우리가 출발한 후에야 도착할 것이었다. 우리는 어른 행세를 시작하는 철부지였지만 부모님들을 미리 걱정시키고 싶지 않았다. 비엔나에서 일주일을 기다린 후 서류를 발급받았다. 차에 기름을 채우고 황폐한 소련령을 지나 도시를 빠져나왔다. 군복을 입은 청소년들이 경기관총으로 무장한 채 다리들을 지키고 있었다. 비엔나에서 유고슬라비아 국경까지 운전하고 가는 동안 뭘 먹거나 기름을 넣으려고 차에서 내린 기억이 없다. 분명히 내렸었을 텐데 말이다. 국경에 도착하고 어떤 남자가 자그레브로 가는 길을 알려주었을 때까지 그랬다.

12월 초의 어둠 속을 달려 복잡한 도시에 도착했다. 그리고 인투어리스트라는 정부 사무소에 등록했다. 모든 여행자는 그들이 어디로 이동하는지 여기에 보고해야만 했다. 유고슬라비아에서의 식사는 어딜 가나 뭔지 모를 튀긴 고기(아마도 양고기)와 튀긴 옥수수 그리고 튀긴 완두콩이 나왔다. 아침에 일어나니 날이 추웠다. 커비가 챙겨온 두꺼운 스웨터를 껴입고 베오그라드로 향했다. 나중에 보니 크로아티아에서 세르비아로 이동했던 셈인데 그때는 그렇게 분리되리라는 것을 알 도리가 없었다. 이미 1952년에 훗날 국가를 금가게 할 살인적인 민족 간의 대립이 존재했었다. 우리가 알고 있던 사실은 별로 없었다. 지금은 소멸된 오스트리아·헝가리 제국의 영토가 대부분인 이 나라가 프랑스에 의해 임의적으로 만들어졌다는 정도였다. 2차 세계대전 때 유고슬라비아에서 반나치 빨치산들이 독일군과 싸운 것 못지않게 서로 싸웠던 것을 나는 기억했다. 한 병력은 미하일로비치Mihailovic, 또 다른 병력은 티토의 지휘 아래에 있었다. 전쟁이 끝난 후 얄타협정 이후에 유고슬라비아는 티토 원수와 소련 측 진영의 손안에 있었다.

　도로는 2차선이었으며 경치는 회색빛 하늘만큼이나 음산했다. 베오그라드는 세련되었고 보행자들로 가득했으며 운전자를 혼란시킬 만큼 큰 도시였다. 우리가 어디에 있는지 도무지 알 수가 없었다. 우리의 부실한 세르비아·크로아티아어 실력으로는 도저히 길을 물을 수가 없었다(유고슬라비아의 제2 국어는 독일어였다). 차를 세운 나는 필사적인 심정이었다. 지나가는 사람들을 향해서 영어와 프랑스어를 되는대로 지껄였다. 마침내 나만큼 불어를 못하는 유고슬라비아인을 만났다. 커비가 불어를 더 잘했지만 차 속에 앉아 있었다. 우리는 가끔씩 '직진' 또는 '왼쪽으로'를 섞어가며 손짓으로 대화했다. 마침내 인투어리스트 사무소를 찾았고 우리가 묵을 호텔도 찾았다. 호텔 침대에는 아주 큰 둥근 베개들이 있었고 비교적 안락했다. 다음 날 체크아웃을 했는데 직원이 영어를 할 줄 알았다. 우리가 차로 니시(세르비아 동부의 도시, '니이쉬'라고 발음한다)까지 간다고 말하자 그의 얼굴이 일그러졌다. "베오그라드에서 크라구예바츠까지는 도로 상태가 2등급이에요." "크라구예바츠부터는…" 그가 말을 멈추자 불안한 정적이 감돌았다. "3등급 도로예요!"

크라구예바츠로 가는 길은 오르막이 많았다. 곳곳에 얼음이 얼어 있었지만 눈은 쌓여 있지 않았다. 차에 휘발유를 더 넣고 '니이쉬'로 향했다. 길은 마침내 장애물들 사이를 헤쳐 나가는 풀에 덮인 경주로로 변했다. 얕은 개울을 겨우 건너기도 했다. 때때로 전방에 도로 같은 게 전혀 보이지 않기도 했다. 대신에 들쑥날쑥한 계곡에 바퀴 자국 두 개가 나 있는 게 보였다. 한번은 온통 진흙탕 길을 겨우겨우 지나가는데 차가 바퀴 덮개까지 진흙에 빠져 꼼짝을 안 했다. 삽을 들고 일하던 남자 다섯 명이 우리를 살렸다. 차를 번쩍 들어서 단단한 땅 위에 내려놓아주었다. 이런저런 모험은 우리를 흥분시켰다. 아주 오랜만에 단둘이 있었던 점도 이유였을 것이다.

언덕을 근근이 오를 땐 기어를 내렸고 내려올 땐 브레이크를 밟았다. 우리가 가고 있는 바퀴 자국 패인 경주로 옆으로 완공되지 않은 튼튼한 고속도로가 나란히 나 있는 것이 눈에 띄었다. 콘크리트 다리 탑들이 강의 양편에 높게 세워져 있었다. 다리가 건설되고 있었다. 저 멀리에 푸른 전나무 숲이 들어찬 산들이 보였다. 어떤 절벽은 사람 옆모습처럼 생겼다. 산에 사는 턱 없는 노인이랄까. 운전하는 데 모든 신경을 쓰다 보니 바깥 풍경까지 돌아볼 여유는 별로 없었다. 하루 종일 '니이쉬'로 가는 동안 차는 튀어 오르기도 하고 이쪽 저쪽으로 기울기도 했다. 그동안 승용차든 트럭이든 버스든 차량이라고는 한 대도 볼 수 없었다. 작은 집들이 다닥다닥한 마을을 지나칠 때는 우리가 해방군이라도 된 듯한 환영을 받았다. 조심조심 운전해 지나오는 동안 마을 사람 모두가 나와서 배웅해주었다. 소년들이 자전거로 마을 어귀까지 우리와 동행해주었다. 다시 한 번 야생의 세계로 들어서며 커비와 나는 소년들에게 손을 흔들어주었다.

몇 번의 결정적인 순간에 함께 탄성을 내뱉었던 것 외에 우리가 얘기를 많이 나눴던 기억은 없다. 한 차례도 싸우지 않았다. 우리 둘 사이는 마치 아직 결혼하지 않은 사람들 같았다. 대학 때 데이트하던 시절과 결혼식 사이에는 1년이라는 이별 기간이 있었고 그동안 우리는 편지로만 교감할 수 있었다. 커비는 나이에 비해 미숙했다. 지능이 아니라 인생 경험이라는 측면에서 그랬다. 1950년대에는 어린 여자의 키가 185센티미터나 된다는 게 아주 드문 일이었다. 큰 키 탓에 미스파인즈여자고등학교와 래드클리프여자대학에서 동급생들과 잘 어울리지 못했던 것 같다. 그녀는 수줍은 편이었고 누구를 좋아해본 적은 있지만 남자친구가 있었던 적은 없었다. 나는 보통 남자애들처럼 여자친구가 있었다. 우리 둘의 가장 큰 차이점은 문학에 대한 나의 외곬의 집착이었다. 나에겐 나의 결단에 수동적으로 따라줄 아내가 필요했다.

점점 건물들이 많아지기 시작했고 인투어리스트에서 우리가 묵을 니시카 바냐Niška Banja에 있는 호텔로 가는 길을 알아냈다. 그 속은 온천 단지였는데 호화롭고 텅 빈 호텔들이 즐비했다. 한 남자가 데스크에서 우리를 받아주었다. 저녁때는 그 남자가 텅 빈 레스토랑에서 우리에게 튀긴 음식을 가져다주었고 다음 날 길을 떠나기 전에도 옥수수죽과 커피를 아침 식사로 가져다주었다. 우리는 그리스와 가깝고 이젠 마케도니아의 일부가 된 스코페로 향했다. 길에서 한 보행자가 엄지손가락을 치켜세우길래 차에 태워주었다. 그녀가 사는 마을에 닿을 때까지 우리는 다정한 목소리의 수다를 끊임없이 들었지만 한 마디도 알아듣지 못했다. 커비가 세어보니 그 여자가 치마를 다섯 겹 입었더라고 한다. 차를 타고 가는 동안 그 여자는 어디선가 작은 주머니를 꺼냈다. 듣도 보도 못한 과자를 건네주었는데 정말 맛있었다. 커비는 닭의 기름과 꿀이 들어간 것 같다고 추리했다. 그러면서 그녀는 농사꾼을 처음 본다고 했다. 미합중국 전성시대인 1945~1963년의 특혜받은 자녀들이 전후의 유럽을 여행한 셈이다. 그런 시대는 이제 무덤 속에 들어갔지만 말이다. 우리는 유고슬라비아 사람들이 어떻게 사는지에 대해 전혀 관심이 없었다. 그들은 짓다 만 콘크리트 고속도로 이상도 이하도 아니었다.

니시카 바냐에서 스코페로 가는 길도 그 전날과 마찬가지로 다른 차량이라고는 전혀 볼 수 없었다. 주유소는 없었지만 누군가가 우리에게 기름을 구할 방법을 알려줬다. 두 마을의 중간 지점에 기름을 살 수 있는 군용 임시 집적장이 있다고 했다. 차를 세우고 내려서 "휘발유! 휘발유!" 하고 고함을 질렀다. 아이들이 구멍이 숭숭 난 진입로를 가리켰다. 자전거를 탄 아이들이 우리를 안내했다. 마을에서 약 1.6킬로미터가량 벗어나니, 울타리 쳐진 부지가 있었다. 녹슨 원통들이 쌓여 있었고, 잡동사니 금속들과 부서진 트럭 두어 대가 있었다. 군용 부지라고는 느껴지지 않았다. 중년의 사내가 출입구를 열고 우리보고 들어오라고 손짓했다. 커비가 차에서 내려 기다란 몸을 쭉 펴는 동안 난 기름통의 뚜껑을 열었다. 현장 관리인은 방문객이 있어 흥분한 듯 연신 고개를 끄덕였다. 그가 기름통을 차 옆으로 굴려 왔다. 주유구에 깔때기를 대고 통을 들어 올려 내용물을 부어 넣었다. 난 뚜껑을 다시 닫고 주머니에서 디나르 화폐 다발을 꺼냈다. 아마도 1,700디나르쯤 지불했던가. 지금은 전혀 기억이 안 난다. 그 사내가 모리스의 트렁크에 덮인 먼지 위로 어떤 숫자를 끄적였다. 그러고서 나는 2,000디나르 뭉치를 건네줬다. 그는 고개를 저으며 자기가 적은 숫자를 가리켰다. 나는 그에게 차액을 가지라고 손짓으로 말했다. 그는 내가 무슨 말인지 이해를 못 한다고 생각했는지 '1,700' 위에 '2,000'을 쓰고 밑에 줄을 긋고 '300'이라고 썼다. 난 잔돈이 없다는 말을 그에게 해줄 도리가 없었다. 그래서 그가 써놓은 '300'을 가리키며 그것이 그를 위한 팁이라고 손짓, 발짓을 했다. 사내는 어쩔 줄 몰라 하면서 기뻐하는 듯했다. 커비와 나는 자전거들의 에스코트를 받으며 다시 마을을 통과해 나왔다.

스코페의 인투어리스트에서 우리는 수차례 받았던 질문을 또 받았다. "어디서 왔나요?" '니이쉬'를 거쳐서 베오그라드에서 왔다고 말했다. 대답을 들은 그의 표정은 한 대 맞은 사람 같았다. "하지만 그 길은 통과 불가능인데요!" 그가 말해 줬다. 바로 2주 전에 승합차가 그 길로 오려다 포기하고 오지 못했다고. "그 길은 다닐 수 없는 길이에요!" "알아요." 내가 말했다. "우리도 알아요."

그리스 국경에 가까워지면서 제대로 된 2차선 도로를 타게 되었다. 강을 건너는 다리 여러 개가 도로와 연결돼 있었다. 국경 초소에서 일하는 그리스 관리들은 친절하지만 행동이 느렸다. 이들은 문서 양식을 채워 넣는 동안 우리에게 진한 커피를 갖다주었다. 우리는 그들과 말 없는 대화를 나눈 뒤 그리스에 들어섰다. 도로변이 보도와 주유소 등으로 풍요로워졌다. 전후 유럽 부흥을 위한 마셜플랜이 시행되던 때 우리가 도착한 것이다. 많은 집이 충성심을 나타내는 파란색으로 칠해져 있었다. 소련의 '붉은 군대'가 최근에 북쪽 알바니아로 후퇴했기 때문이었다. 곳곳의 벽에는 아직도 총알 자국이 선명하게 남아 있었다. 날이 더워서 우리는 차(오픈카)의 덮개를 열었다. 살로니카까지 반쯤 왔을 때 길에서 파는 점심을 사 먹으려고 잠시 멈췄다. 손짓 대화를 통해 거친 빵 한 덩어리와 강한 맛의 흰 치즈 한 조각을 구했다.

이른 황혼 녘에 우리는 북쪽으로부터 언덕길을 오르며 아테네에 다가갔다. 정상에 올라 아래를 내려다보니 눈이 부셨다. 지는 해의 빛 한 가닥에 휩싸인 아크로폴리스가 거기 있었다. 마치 사진에 찍히기 위해 포즈를 잡는 것 같았다. 이오니아의 기둥처럼 키가 큰 커비가 뚜껑이 열린 모리스에서 일어나 코닥크롬 컬러사진을 찍었다. 시상이 떠올랐다.

다음 목적지는 아침을 주는 숙박업소였다. 거기서 우리는 매일 아침 순례를 시작했다. 파르테논신전에 갔고 그 주위의 아크로폴리스와 그 아래의 아고라에도 갔다. 겨울 날씨 속에서 고고학적 발굴지가 그대로 개방돼 있었다. 커비가 천을 짜는 베틀의 추 한 개를 집어 들었다. 윗부분에 구멍이 나 있는 작은 테라코타였다. 우리는 또 티린스와 미케네에도 들렀고 차를 몰고 델포이도 갔다. 그곳엔 우리 외에는 관광객이 단 한 명밖에 없었다. 신탁의 장소와 가까운 곳에서 하룻밤을 묵었다.

그리스에서 매 순간은 유적들과 역사로 넘쳐났다. 고대 세계에서 기쁨에 취해 있을 때도 걱정거리 하나가 우리를 불편하게 했다. 유고슬라비아를 거쳐 다시 돌아가는 것은 이번엔 정말 불가능할지도 몰랐다. 길을 잘못 들어 어느 4등급 도로변에서 굶어 죽어가며 옥스퍼드의 겨울 학기를 보내게 될지 모른다. 마침 그때 아메리칸 익스프레스에서 좋은 정보를 들었다. 정말 싸고 반나절밖에 안 걸리는 다른 경로가 있다고 했다. 아테네의 항구도시인 피레우스에서 배에 모리스를 싣고 아드리아해를 건너 브린디시로 향했다. 장화 모양인 이탈리아반도의 뒷굽 자리에 있는 도시였다. 1953년 초, 유고슬라비아의 단일 도로 대신에 라벤나의 모자이크 도로가 우리 앞에 있었다. 처음에는 오픈카의 지붕을 내린 채로 계속해서 이탈리아를 통과해 북쪽으로 향했다. 파리에서 며칠 머물렀다. 거기서 조지 플림턴과 몇몇 다른 《파리리뷰》의 동료들과 어울렸다. 우리가 해협을 다시 건넜을 때는 날씨가 맑았다. 집으로, 밴베리 로드로 향했다.

결혼 생활은 15년간 지속됐고 1967년에 끝났다. 이혼은 너무 슬펐다. 이혼은 항상 슬프다. 우리가 이혼한 것은 결혼했던 것과 같은 이유에서였다. 나는 비교적 유복하게 1920년대의 교외 주택가에서 자랐다. 커비의 부모님은 자메이카에서 사탕수수 농장을 운영했다. 자라온 환경만큼이나 일상생활에서 우리의 취향은 달랐다. 내가 꿈꾸는 문학적 성공은 커비가 생각하는 미래를 위한 준비와 거리가 멀었다. 처음에는 이국적이어서 매력으로 느껴졌던 차이점들이 점차 보기 싫어졌고 나중엔 관계를 무너뜨렸다. 몇 년 후 나는 재혼했다. 그리고 1975년 뉴햄프셔에 있는 우리 집안의 오래된 농장으로 제인과 함께 이사했다. 커비는 재혼하지 않았다. 그녀는 스스로 정신분석을 받은 다음 심리상담가가 되었다. 내가 교수로 재직하던 앤아버에서 매우 높은 평가를 받는 상담가였다. 커비는 독립적이고, 능동적이고, 정치적인 사람이 되었다. 두 아이가 성년이 될 때까지 우리는 서로 연락하고 지냈다. 커비는 1991년 미시간을 떠나 동부에 자리를 잡았다. 아이들과 손주들 가까이에 살기 위해서였다. 아이들이 뉴잉글랜드에서 대학을 다니고 직장을 다녔기 때문이었다. 서로 그리 멀지 않은 곳에 살았건만 12년이 넘도록 우리는 만나지 않았다. 아이들이나 손주들의 생일엔 커비와 나를 위해 파티가 두 번씩 열렸다.

그러다가 커비가 병이 났고 점점 심해졌다. 아이들과 손주가 깊은 슬픔에 잠겼다. 나는 우울했고 후회에 사로잡혔다. 하지만 놀랍게도 그리고 감사하게도, 커비의 상태는 우리를 다시 만나게 해주었다. 커비 옆에 앉아 옛날 일들을 회고하면서 위안을 받았다. 우리는 옥스퍼드에서 아테네까지 여행했던 얘기를 했다. 그러나 행복한 결말이란 존재하지 않는다. 왜냐하면 행복하다면 아직 끝난 게 아니기 때문이다. 커비는 일흔여섯 살이던 2008년 암으로 사망했다. 나는 여든을 넘겨 생존하고 있다. 글을 쓰면서 신기하게도 쾌활하게 생활한다. 거동이 거의 불가능하고 대부분의 시간을 혼자 지내지만 말이다. 길은 오직 하나뿐이다.

고맙습니다

고맙습니다

　　미국 시인 아카데미에 의하면 4월은 시의 달
이다. 2013년 한 해에만 7,427회의 시 낭송회가 열렸는데
그중 대부분은 목요일 행사였다. 1928년생이면서 시에 관심
이 있는 사람이라면 이 숫자는 어마어마하게 느껴질 것이다.
1948년 4월 미국 전체에서 시 낭송회는 15회에 불과했고
그중 12회는 로버트 프로스트의 행사였다. 그랬을 거라고
나는 주장한다. 여기서 제시한 숫자는 순전히 상상의 것이
다. 하여간에 감은 왔을 것이다.

　시인이 낭송을 마치면 잠시 멈췄다가 "고맙습니다" 하고

는 고개를 끄덕인다. 박수를 보낼 차례라는 신호다. 박수 소리가 터져 나오고, 그녀는 다시 한 번 "고맙습니다"라고 말하고 더 많은 박수를 받는다. 어떤 때는 그녀 혹은 그가 한 번 더 인사를 하기도 한다. 그렇지 않으면 관객들이 낭송회가 여섯 시간 동안 이어질지 아닐지를 어떻게 알 것인가?

잘됐건 못됐건 간에 시는 내 생명이다. 낭송을 하고 난 후의 질의응답 시간을 특히 좋아한다. 네브래스카에서 순회 낭송회를 할 때 커다란 강당에서 고등학생들에게 시를 읽어준 적이 있다. 낭송을 마치고 누군가가 내게 물었다. 어떻게 시를 쓰기 시작하게 됐느냐고. 나는 대답했다. "열두 살 때 공포영화를 무척 좋아했고 에드거 앨런 포$^{Edgar\ Allan\ Poe}$를 읽기 시작했다. 그리고…" 앞줄의 한 젊은이가 손을 흔들었다. 나는 말을 멈췄다. 그가 물었다. "여자애들을 꼬시려고 시를 쓰기 시작한 거 아니에요?" 햄든고등학교 시절의 치어리더들 생각이 났다. "나이가 좀 더 들고 나면," 그에게 말해줬다. "시가 더 잘 먹히지요."

예전에는 각 세대에서 단 한 명의 시인이 대중 앞에서 공연을 했었다. 1920년대에는 베이철 린지$^{Vachel\ Lindsay}$였다. 그는 시를 낭송하는 중에 가끔 무릎을 꿇곤 했다. 그다음엔 로버트 프로스트가 이어받았다. 그의 수입은 대부분 순회 낭송회에서 온 것이었다. 그는 달변가였다. 물 흐르는 듯한 문장들과 그의 발성은 잘 어울렸고 시를 읽는 중간중간 관객들을 웃겼다. 가끔은 앙증맞고 촌스러운 양계농장주 복장을 하고 나와 그에게 매료된 관객들이 탄성을 지를 만큼 그들을 즐겁게 해주었다. 한번은 그가 양계농장주 연기를 하는 걸 보고 나서 낭송 후 칵테일파티에 참석했었다. 거기서 그는 매운 양념이 된 삶은 달걀을 먹고 마티니를 홀짝였다. 그러면서 그는 다른 시인들의 명성에 대해 독설을 퍼부었다. 엘리엇T. S. Eliot, 윌리엄스Williams, 스티븐스Stevens, 무어Moore······.

그 당시 다른 유명 시인들은 1년에 두세 차례밖에 시 낭송회를 열지 않았다. 그들이 지금 살아 있다면, 시들을 읊음으로써 더욱 편안하게 살 수 있을 것이다. 실제 직업이었던 파버앤드파버Faber and Faber(영국 런던에 있는 출판사_옮긴이)의 편집자로나, 산부인과 의사로서나, 보험회사 중역으로나, 브루클린의 사서로 일하며 벌었던 것보다 훨씬 더 풍족하게 말이다.

내가 시를 처음으로 크게 낭송한 것은 1952년 옥스퍼드의 셀도니언극장에서였다. 무슨 상을 받았던, 아주 평범한 시의 일부였다.《런던타임스》가 "적절하게 우수에 젖은 음성"이라는 평가를 해주었다.

내가 처음으로 시 전문을 낭송한 것은 그로부터 3년 후였다. 그때 나는 바짝 긴장해 있었다. 두 팔은 어깨 밑에서 얼어붙었고, 목소리는 높낮이나 강약의 변화 없이 일정했으며 얼굴은 굳은 채 아무 표정도 없이 창백했다. 마치 총살대 앞에 선 부역자의 겁먹은 몰골 같았을 것이다.

플로리다주에 있는 대학 학부생들을 위한 질의응답 시간이었다. 첫 번째 질문은 항상 받는 것이었다. "시와 산문의 차이는 무엇인가요?" 이어서 지금까지 한 번도 들어보지 못한 질문을 받았다. "시인이면서 홀마크카드사의 사장이라는 지위에 있는 것은 어울리지 않아 보이는데 어떻게 생각하세요?" 호기심 많은 그 학생이 인터넷에 검색을 했고 감성팔이 회사의 사장이 정말로 도널드 홀이란 걸 확인했던 것이었다. 내 이름은 흔한 이름이다. 한번은 시 낭송을 하기 전에 어떤 남자가 물었다. "당신이 도널드 홀이요?" "예." 내가 대답했다. "나도 그렇소"라고 그가 말했다.

공항 출구의 통로 끝에 한 남자가 시인의 이름이 적힌 표지판을 들고 서 있었다. 조교수인 그는 여자 시인을 차에 태우고 대학 캠퍼스까지 한 시간을 달렸다. 가는 내내 시인에게 자기가 영문학과에서 종신교수로 임명될 수 있을지 모르겠다고 하소연했다. 다음 날 그녀를 공항으로 다시 데려다줄 때 그녀에게 자신에 대한 추천서를 써달라고 부탁했다. (여기서 조교수는 도널드 홀 본인으로 보인다. 특이하게 자신을 3인칭으로 서술했다_옮긴이)

1955년 내 책이 처음 출간됐을 때 아주 좋은 평가를 받았다. 두 번째 책을 출간했을 때는 시들이 여러 잡지에 실렸다. (그래도 내 시들을 큰 소리로 낭송해달라는 요청은 받지 않았다.) 내가 재직하던 미시간대학은 낭송회를 후원하지 않았다. 나는 학생들 앞에서 위대한 시들을 신명 나게, 점점 더 자신 있게 암송했다. 와이엇Wyatt, 키츠Keats, 디킨슨Dickinson, 휘트먼Whitman, 예이츠Yeats, 하디Hardy……. 그렇게 자연스럽게 낭송 연습을 한 것 같다. 강연 중개인이 전화를 주었을 때는 정말 놀랐었다. 어느 대학에 가서 내 시를 읽어주면 돈을 주겠다고 했던 것이다. 그런 요청이 되풀이되면서 수업이 없는 날은 나를 부르는 곳으로 날아갔다. 미시간대학은 보수가 아주 박했다. 그래서 교수 대부분은 서머스쿨에 참여해서 수입에 보탰다. 푹푹 찌는 교실에서 소크라테스식의 대화법 강의를 하느니보다 집에 앉아서 시를 썼다.

전화는 계속 울려댔고 나는 시 낭송이 공중전화 부스에 여러 명이 들어가는 놀이와 같은 일종의 유행인가 보다고 생각했다. 어디 누릴 수 있는 데까지 누려봐야지.

내가 속한 세대가 소리 내어 읽는 것에 익숙해지면서, 책으로 출판하는 것보다 다른 플랫폼에서 출간하는 경우가 많아졌다. 그러면서 시가 변하는 것을 귀로 느꼈다. 소리는 항상 나에게 시로 이끄는 도입구 역할을 했지만 애초에 소리는 활자를 눈으로 볼 때 상상이 가능한 대상이었다. 큰 소리로 발성되는 입 안의 주스인 모음과, 입 안의 건더기인 자음은 낭송 중인 시에게 차츰차츰 몸체를 만들어준다. 딜런 토머스Dylan Thomas가 그 방법을 보여줬다. 찰스 올슨Charles Olson은 "형태는 내용의 연장 이외에 아무것도 아니다"라고 했다. 사실 내용은 구강 섹스를 하기 위한 구실에 불과하다. 영어로 된 시 중에 가장 에로틱한 것은 밀턴John Milton의 〈실낙원 Paradise Lost〉이다.

모든 게 그렇지만 소리에 집중하는 데에도 유의해야 할 점들이 있다. 어느 날 아침 시를 고치고 있었는데 새로 쓴 한 구절이 진부하거나 이미 죽은 은유임을 느꼈다. 그럼에도 내가 큰 소리로 억양을 붙여 낭송한다면 그대로 써먹을 수도 있겠다고 생각했다. 정신 차려, 이 사람아. 시라는 것은 연단에서도 말이 되어야 하지만 페이지 위에서도 맞아떨어져야 한다고. 내가 속한 세대는 시가 활자였던 시대, 그것이 소리가 되기 전의 시절이었다. 우리가 두 가지 방식을 모두 경험할 수 있었던 건 행운이었다.

영문학과 학과장이 내 친구 시인에게 다음에 올 관객들에 관해 주의를 주었다. "그 애들은 이걸 들어야만 해요. 그 애들은 아무 내용도 귀담아듣지 않아요. 어떨 때는 강의 중에 일부러 창문을 열라고 하거나 닫으라고 하지요. 얘들이 진짜 살아 있기는 한지 알아보려고요." 그는 아주 깊은 한숨을 쉬었다. 그 한숨은 종신 재직권만큼 무거웠다. "매주 목요일에 《뉴요커》가 배달돼 오지 않는다면 내가 어떻게 살지 모르겠어요."

호메로스Homeros는 자신의 시들을 소리 내서 읽은 것으로 알려져 있다. 그보다 한참 후에 테니슨Tennyson이 자기의 시들을 빅토리아 여왕에게 읽어줬다는 얘기가 있고 그 후로는 전해오는 일화가 별로 없는 것 같다. 1930년대에 윌리엄 버틀러 예이츠William Butler Yeats는 미국 동부에서 서부까지 기차로 여행을 했다. 하지만 감미로운 구절의 대가였던 그는 자기 시를 소리 내어 읽지는 않았다. 반면에 대학들을 방문해서 〈세 명의 위대한 아일랜드인〉이라는 강의록을 낭송해 수입을 거두기는 했었다. 어쩌면 시인들은 자신의 시를 낭송하지 말라는 의미로 보수를 받았던 걸까?

우연하게도 내가 다녔던 미국 대학(하버드대학을 말한다_옮긴이)은 기부를 통해 일련의 시 낭송회를 열었던 학교였다. T. S. 엘리엇은 우수했지만 그의 공연은 대부분이 고문이었다. 훌륭한 시들이 마치 전화번호부의 기록인 듯 읽혔다. 윌리엄 칼로스 윌리엄스William Carlos Williams는 고음으로 너무 빨리 읽었다. 하지만 그는 낭송을 즐기는 것처럼 보였다. 월리스 스티브스Wallace Stevens는 자기의 아름다운 작품들을 혐오하는 것처럼 보였다. 일정한 낮은 톤으로 잘 들리지도 않게 읽어 내렸다(어쩌면 사무실 동료들이 놀릴 거라고 생각했는지도 모른다). 메리앤 무어Marianne Moore의 아무 억양 없는 단조로운 읊조림은 기이하기가 그녀의 독특한 예술성과도 견줄 만했다. 낭송과 낭송 사이에 관객에게 말을 할 때에도 똑같이 단조로운 음색으로 웅얼거렸다. 그녀는 종종 시를 수정하거나 자르기도 했기 때문에 듣는 사람은 시와 그녀의 대화를 구분하기 위해 매우 집중해야만 했다. 20분이 지나면 진이 빠진 듯한 그녀가 "고맙습니다"라고 말했다. 딜런 토머스가 예이츠의 〈라피스 라줄리Lapis Lazuli〉를 읽는 걸 들을 때 나는 앉아 있던 강당의 좌석에서 공중으로 떠올라 돌아다녔다. 이어 그는 본인의 시들을 읽었다. 웨일스 출신인 자신의 풍성하고 맛깔스러운 발성기관에 아주 적합하게 쓰인 작품들이었다. 나는 또 한 번 공중에 떠올랐다. 그는 1950년에서 1953년 사이 미국을

네 번 방문했는데 마지막 방문지인 뉴욕에서 사망했다. 그는 뉴욕의 시센터를 비롯하여 서부의 수많은 대학에 이르는 다양한 장소에서 본인의 시를 읽었다. 시 애호가들 사이에서 프로스트의 명성이 잠시 줄어들었던 시기였다.

질의응답 시간에 나는 또다시 죽은 은유에 관하여 열을 내고 있었다. "나는 의자에 접착돼 있었다"와 "나는 그 자리에 닻을 내렸다"가 같다고 주장하는 것은 마치 예인선을 다용도 접착제라고 주장하는 것과 같다고 말이다. 그날 오후 나는 장애를 나타내는 진부한 은유에 사로잡혔다. 구실을 못하는 경제, 눈먼 야망, 간절한 요청에 귀먹은 대처, 산업의 마비 그리고…….

질의응답 시간이 끝나고 나의 논지를 요약했다. 별생각 없이 내가 말했다. "이 모든 은유는 절름발이(절름발이라는 표현 자체가 장애를 나타내는 진부한 은유라는 뜻이다_옮긴이)다." 모두가 웃고 있었다. 왜지?

딜런 토머스는 단지 목소리나 시 덕분에 인기가 있었던 게 아니었다. 그는 스타였다. 대부분의 사람은 대가인 딜런 선생의 전설적 평판에 끌려 낭송회에 참석했다(폭음, 파티에서의 창의적이고 외설적인 농담, 실패한 유혹들, 매일 밤 이어지는 혼수상태). 설사 사람들이 참석한 이유가 그의 유명함 때문이라 해도 이들은 최소한 시 낭송회에 간 것이다. 어쩌면 낭송회가 폭발적으로 늘어난 것은 문화가 달라진 덕분일지도 모른다. 노래는 더 이상 틴 팬 앨리^{Tin Pan Alley}의 전유물이 아니었고 사람들은 가사에도 관심을 기울이기 시작했다.

밥 딜런^{Bob Dylan}의 음악을 감상할 때 사람들은 노랫말에서 시를 연상했다. 사람들은 무대에서 들려오는 노래 가사를 귓가에 계속 맴도는 언어로 흡수하게 되었다. 이 덕분에 강당에서 낭송되는 시의 내용도 들을 수 있게 된 것 같다. 미시간 대학이 매주 화요일 오후 4시에 시 낭송회를 배정하기에 이르렀다. 어떨 때는 300명에 이르는 학생들이 매주 참석해 그들의 귀에 들리는 것을 받아들였다. 낭송회를 시작한 지 며칠 됐을 때 내 딸의 친구였던 사라를 만났다. 그녀는 화요일에 시인이 낭송했던 한 연을 읊었다. "네가 그 시인의 시집을 읽었구나"라고 내가 말했다. "오, 아니에요." 그녀가 대답했다. "시인이 낭송했던 걸 기억한 거예요."

한번은 순회 낭송회를 마치고 운전기사가 나를 어떤 집에서 열리고 있던 파티에 내려주고 갔다. 거기서 나는 밤을 보낼 예정이었고 그는 모텔로 가서 잠을 자고 다음 날 아침 6시에 나를 데리러 올 것이었다. 파티는 훌륭했고 길게 이어졌다. 당시에 사람들은 독한 증류주를 마셨다. 집주인은 새벽 4시에 소파에 늘어져 잠들었다. 매일 밤 그러는 것 같았다. 난 그것도 못 봤다. 어떤 예쁜 숙녀와 노닥거리는 데 정신이 팔렸기 때문이었다. 그녀의 남편은 자기 아내 곁에 정신이 몽롱한 채 서 있었다. 그는 정신이 돌아오자 바로 나를 공격했다. 하지만 내 턱을 겨냥한 주먹이 아주 천천히 움직이는 바람에 나는 피할 수 있었다. 3분 후에 우리는 영원한 친구가 됐다. 아침 6시에 나는 길가에 서서 나의 보호자가 다음 낭송회와 다음 파티에 데려다주기를 기다렸다.

어느 겨울, 내 친구 시인이 미시시피에서 낭송을 마쳤을 때 어떤 남자가 그녀에게 타이프 용지가 가득한 무거운 상자를 건넸다. 그는 이렇게 말했다. "내가 쓴 시들을 당신과 공유하고 싶어요." 그녀는 〈특무상사 렛의 시구들〉을 훑어봤는데 도저히 읽을 수가 없었다. 내게 그 일화를 얘기해주면서 그녀는 '공유하다'라는 동사가 너그러움이라는 탈을 쓴 폭력적 동사가 되어버렸다고 했다. "내 시를 읽어봐 주지 않는다면 당신 눈알을 뽑아버릴 거요."

앤아버에서는 버트 혼백Bert Hornback이 화요일의 낭송회를 운영했다. 영문학과의 보잘것없는 예산에 더해 대학 행정부의 재량 기금에서 보조를 받았다. 10년 동안 매주 열리는 시 낭송회를 관장한 그는 진이 빠져버렸다. 무책임한 학과는 낭송회를 1년에 한 번으로 줄여버렸다. 버트는 자기 혼자 힘으로 시도해보기로 했다. 1980년대 어느 1월에 그는 대학의 랙햄 강당을 빌려 연합 시 낭송회를 위한 입장권을 팔았다. 표 값은 5달러 50센트, 그중 50센트는 표 판매 대행자의 몫이었다. 그는 친구 몇 명을 낭송회에 초대했다. 웬들 베리, 골웨이 킨넬Galway Kinnell, 샤론 올즈Sharon Olds 그리고 셰이머스 히니Seamus Heaney. 셰이머스가 노벨상을 받으러 스톡홀름으로 가기 훨씬 전의 일이었다. 금요일 밤(홈팀이 농구시합을 하는 밤, 시카고 심포니가 공연을 하는 밤)에 입장권을 구매한 1,100명의 시 애호가들이 강당을 채웠다. 소방당국은 100장의 입석 표를 팔도록 허용했다. 그것도 매진됐다. 버트는 소방당국이 안 보는 틈을 타 입석 표 100장을 추가로 팔았다. 예상치 못했던 관객들이 무더기로 속속 도착했다. 클리블랜드, 시카고, 밀워키, 미시간의 어퍼반도에서 말이다. 시인 한 명당 40분씩 읽었고 잠시 휴식 시간을 가진 후에 10분씩 더 읽었다. 바깥에서는 표를 구하지 못한 사람들이 화를 내고 불평을 했다. 들리기로는 암표상들이 한 장당 50달러까지 팔았다고 한다.

뉴저지주에서 열렸던 도지Dodge 시 축제에는 시인들, 학교 교사들 그리고 학생들로 엄청난 인파가 붐볐다. 각 시인이 자기만의 패널과 질의 시간과 낭송회를 주관했다. 첫날 밤 스물다섯 명의 시인 모두가 낭송을 했다. 한 사람당 몇 분씩 3,000명의 군중을 향했다. 주최 측은 댈러스 카우보이스의 미식축구 경기처럼 대형 스크린에 시인의 얼굴을 크게 비춰주었다. 그렇지 않았다면 텐트 맨 뒤쪽에 앉았던 사람들은 아무도 시인의 얼굴을 구경하지 못할 뻔했다. 클로즈업 촬영을 위해 검은색의 관절을 갖춘 강철 팔이 이용됐다. 25센티미터 두께에 15미터 길이의 팔은 이리저리 구부러지고 요동치며 촉수에 달린 카메라를 앞뒤로 움직여 시인들의 얼굴을 자세히 볼 수 있게 해주었다. 그 모습은 마치 단백질 공급원을 찾는 괴물 같았다.

축제에서 낭송과 강연을 마친 지 일주일이 지났을 때였다. 지난해 퓰리처상을 받은 시인에게 그와 사랑에 빠져버린 사우스캐롤라이나주에 사는 여성이 두꺼운 편지를 보내왔다. 편지 봉투는 사랑을 고백하는 시들로 무거웠다. 게다가 그녀는 편지에 97편의 시가 더 있지만 다 부칠 우표가 없다고 했다. 편지에는 목장식 주택 앞에서 찍은 나이 많은 여자의 사진도 들어 있었다. 그녀는 그에게 당장 날아오라고 간곡히 부탁했다. 날짜가 확정되지 않은 비행기 표가 동봉돼 있었다.

관객들이 나를 사랑하거나 불멸의 존재처럼 대우한다고

해서 기뻐하는 건 괜찮다. 하지만 그걸 사실로 믿으면 안 된다. 어떤 여성은 내 낭송이 이제까지 들었던 것들 중 최고였다고 한다. 어떤 남성은 지난 30년 동안 내 시들을 읽어왔다고 하면서 내가 미국 문학계의 거성이라고 한다. 나는 그렇지 않다는 것을 잘 알고 있다. 물론 찬사를 바치는 많은 사람이 그런 극찬을 하는 순간에는 정말로 그렇게 생각하기도 할 것이다. 따라서 그들과 언쟁을 하는 것은 아무 소용이 없다. 그들에게 내가 지면에서 받았던 수모에 대해 말해줄 수도 있다. 내가 받지 못했던 상들, 내 시들이 누락되었던 명시선집들을 열거해 보일 수도 있다. 제일 좋은 방법은 찬사를 전해주는 사람의 마음은 받고 찬사는 잊어버리는 것이다. 오늘날 상을 받고 찬사를 받는 시인 열 명 중 아홉 명의 시는 30년 후면 읽히지 않을 것이다. 이들은 그 시대에 가장 많은 박수를 받고, 모든 장소에서 황제처럼, 혹은 황제의 동상처럼 대접받는다. 시인이 정말 훌륭하다면 시를 듣는 사람들은 그것을 어떻게 알 수 있을까? 시인들은 자기네가 오래갈지 금방 사라질지 알지 못한다.

시인들 스스로 자기들의 시가 영원불멸이라고 말한다면 그들은 우울증에 걸렸거나 거짓말을 하는 것이거나 정신병자일 것이다. 나는 T. S. 엘리엇을 인터뷰했을 때 제일 마지막에 가장 발칙한 질문을 던졌다. "당신은 스스로 좋은 시인 인지 알 수 있습니까?" 수정되어 지면에 인쇄된 그의 대답은 좀 더 차분했다. 그 자리에서의 그는 직설적이었다. "세상에, 아니요! 당신은 그래요? 지성이 있는 사람이라면 자기 자신이 뭐든 진짜 잘하는지 알 수가 없는 거예요." 계관시인들의 불쌍한 행진을 보라.

관객 수가 3,000명이 아닐 수도 있다. 내 친구는 행사장에 도착해 관객이 단 한 명인 걸 발견했다. 둘은 맥주를 마시러 갔다. 또 다른 시인은 두 명의 관중 앞에 서게 됐다. 개의치 않고 연단에 서서 용감하게 처음부터 끝까지 낭송을 마친 그녀는 이들과 악수를 하기 위해 내려왔다. 한 명은 그새 죽어 있었다.

젊었을 때는 소리가 멀리 퍼져 나갔다. 지금은 마이크를 안 쓰면 앞에서 열 번째 줄에서도 내 목소리가 안 들린다. 단순히 노화에 따른 퇴행만은 아니다. 습관적으로 마이크를 사용하면 발성이 미치는 거리가 줄어든다. (연극배우들이 20년 동안 무대를 떠나 영화를 만들다가 브로드웨이나 웨스트엔드로 돌아오면 객석에서 발성이 들리지 않는다. 그러나 다른 한편으로 인위적인 증폭이 좋은 점도 있다. 내 시 중에는 내가 소처럼 '무우(우리 말로는 '음메'에 해당한다_옮긴이)'

소리를 내는 시가 있다. 소의 폐는 우리보다 크다. 나는 마이크에 친근하고 부드럽게 다가간다. 그리고 소가 실제로 '무우' 거리는 동안 모두에게 잘 들리게 '무우'를 계속할 수 있다. "므므—므므므—므므므므므—므므므므므므므—우— 완치—" 하고 노래하는 듯한 소리를 낼 때 마이크가 있는 덕에 숨을 아낄 수 있다. 내 친구들은 이 구절이 내 작품 중에 제일 잘 쓴 것이라고 한다.)

질의응답 시간 동안 집단 대화를 하고 나면 시인과 일대일로 대면하는 시간이 된다. 사람들이 사인을 받으려고 줄을 선다. 가끔 사인을 받으려는 사람이 헌정 글귀를 이렇게 쓰라고 자기 맘대로 불러주는 경우가 있다. "이렇게 써주세요. '사랑하는 빌리와 아주 맛있는 파운드케이크를 만드는 그의 아름다운 아내 실라에게.'"

사인하는 사람은 이 경우 요청을 거절하든지 최소한의 글귀를 편집해야 한다. 줄에 선 모든 사람은 본인 이름의 철자를 알려줘야 한다. 그렇지 않으면 '펠리시아Felicia'가 '필리샤Phylysha'로 변하는 수가 있다. (한번은 사립학교에서 한 남학생이 나보고 '엄마, 아빠께'라고 써달라고 했다. 나는 그 애에게 내 엄마와 아빠는 돌아가셨다고 했다. 우리는 결국 문제를 해결했다.) 만약 줄이 짧으면 시인은 기다리는 사람들과 인간적인 대화를 나눌 수 있다. 하지만 줄이 길면 한 사람 한 사람을 각기 구별하기가 불가능해진다. 줄의 제일 마지막에는 그날 시인을 초대한 주최자가 있다. 시인을 대학 캠퍼스로 초빙한 사람이자 공항으로 데리러 오고 오랜 대화를 나누었으며 이제 수표를 건넬 사람. 그 사람도 책을 내밀고 사인 받기를 바란다. 그런데 시인은 그 사람의 이름이 도대체 기억나지 않는다.

언젠가 미네소타의 한 대학에서 시를 낭송했다. 학과장의 안내를 받으며 연단에 오를 때 그가 한 가지 잊고 말하지 못한 게 있다고 했다. 계약에는 내가 50분 동안 낭송할 것으로 되어 있지만 오늘은 25분 동안만 해달라고 부탁했다. 왜냐하면 내가 발표한 뒤에 바로 학생들이 올해의 동창회 퀸을 뽑을 예정이라는 것이다. 강당은 발 디딜 틈이 없이 찼다(나중에 같이 점심을 먹는데 영어과 교수들이 시 낭송회에 그렇게 많은 학생이 몰린 걸 보고 깜짝 놀랐다고 했다). 낭송이 끝나자 긴 박수가 이어졌다. 관객들은 관심이 없던 공연에 제일 많이 박수를 보내준다. 방금 내가 서 있던 자리에 어린 여자가 무도회복을 입고 황금 왕관을 쓰고 올라섰다. 그녀는 작년의 '퀸'이었다. 올해의 동창회 퀸을 선출하고 후계자의 머리에 왕관을 넘겨줄 참이었다. 주위에 여자애들 여섯 명이 무도회복을 입고 모여 있었다. '이제야' 물러나는 여왕이 말했다. "여러분이 기다리던 시간이 도래했습니다!" 연단 위 내 옆에 앉아 있던 학과장이 귀에 대고 속삭였다. "저 학생이 한 말은 그런 뜻이 아니었답니다!"

한번은 반나절을 비행해 오클라호마주에 갔다. 다음 날 아침 아칸소주의 변방에서 열리는 낭송회에 가기 위해 주최 측이 보낸 차를 타고 이동했다. 작은 기독교 대학의 채플 시간(모든 학생이 의무적으로 참석해야 하는)에 낭송을 하는 자리였다. 그런 모임에 가보면 스스로 만족하고 있는 경건함이 로스앤젤레스의 스모그처럼 교수진과 학생들을 덮고 있을 때가 있다. 반대로 이런 집단이 더 활발하고 반응이 좋을 수도 있다. 무엇을 읽을 것인지 미리 계획하기는 쉽지 않다. 하지만 절대 주최 측을 놀라게 할 시를 선정하지는 않는다. 이번에는 세 사람이 공항에 마중 나왔다. 수줍고 말수가 적은 영어과 학과장 여성, 시를 애호하고 문학적 지식이 상당한 인문학과 학과장 남성 그리고 나를 초청한 나이 든 여성이었다. 세 번째 인물은 우등생 관리 학감Dean of Honors인 듯했는데 기운이 넘치고 말이 많았으며 웃기고 똑똑하고 따스한 성품이었다. 갈 길이 멀었기 때문에 우리는 공항을 벗어나 먼저 저녁을 먹었다. 나는 남자 화장실에 들렀다 나오는 길에 학감이 동료들에게 하는 말을 들었다. "아니요. 내~가 그에게 말할 거예요." 내가 자리에 앉자 그녀가 다정하게 이야기했다. 활짝 미소를 지으며, 야무지게 할 말을 했다. 자신의 말투에 관해 전혀 거리낌이 없었다. "도널드, 당신이 내일 채플에서 '씨발Fuck'이라는 단어를 쓰면 나~는 해~고될 거예요."

어떤 낭송회는 다시없을 특이함 때문에 오래도록 기억에 남는다. 펜실베이니아주 랭커스터에서 있었던 일이다. 시 낭송회가 곧 열릴 강당에서 오케스트라가 막 연습을 마친 참이었다. 시인을 소개할 사람과 시인은 열심히 악보대들을 무대 옆 공간으로 날랐다.

런던에서는 유서 깊은 세인트 자일스인더필즈Giles-in-the-Fields 교회에서 오후 6시에 시 낭송회를 시작할 예정이었다. 저녁 기도가 낭송회를 이겼다.

또 한번은, 멕시코의 치아파스주에서 작가 여덟 명이 무대 위에 앉아 몇 시간에 걸쳐 주지사가 도착하기를 기다렸다. 그가 기관총을 든 경호원들을 대동하고 들어섰을 때는 이미 많은 관객이 자리를 뜬 후였다. 밀려오는 피로감 속에 우리는 각 5분씩 주지사를 위한 낭송을 했다. "그라시아스(고맙습니다)." 우리가 말했다. "그라시아스."

절름절름 80대로 들어서면서 다른 모든 것처럼 나의 낭송도 달라졌다. 공연은 계속됐지만 내 몸은 그렇지 못했다. 무엇보다 앉아서 시를 읽어야 했다. 시인을 소개하는 순서가 끝날 즈음에 나는 무대 뒤로부터 튀어나와 지팡이에 의지해 비틀거리며 내 자리로 가서 조심스럽게 의자에 엉덩이를 밀어 넣는다. 한동안은 모든 낭송회를 내가 시험 중이던 시로 시작했었다. 시 속에서 나는 열한 살이고 할아버지께서 홀스타인 소의 젖을 짜는 걸 보고 있다. 시 속의 나는 말하자면 내 할아버지가 지금의 나를 보신다면 어떻게 반응하실지를 묻고 있다. 내가 읽기를 마치면 언제나 무거운 침묵이 흘렀다. 침묵은 건초를 실은 마차가 지나갈 수 있을 만큼 지속됐다. 그리고 기립 박수가 터져 나왔다. 이전에는 첫 번째 시를 읽은 후에 기립 박수가 나온 적이 한 번도 없었다. 이제는 이런 현상이 계속 되풀이됐다. 펜실베이니아주에서 미네소타주를 거쳐 캘리포니아주까지 그랬다. 나는 내가 굉장히 감동적인 시를 쓴 것이라고 생각했다. 칭송받을 심산으로 친구들에게 이 시를 복사해 보냈다. 친구들은 정중하게 내 시가 끔찍하다고 말해줬다. 나는 멍해졌고 기운이 빠졌다.

그러다가 어떻게 된 일인지 알아챘다. 관객들은 방금 전에 비틀거리는 나를 보았다. 지팡이를 짚고 어기적거렸고 의자에 앉을 때도 힘들어 보였고 숨도 가쁘게 쉬었다. 그들은 내 할아버지께서 다 죽은 내 몸뚱이가 말만 잘하는 광경을 보고 질색하시는 걸 상상했던 것이다. 그들은 일어서서 손뼉을 쳤다. 나를 다시는 볼 수 없으리라는 걸 알았기 때문이다.

내 평생 수염을 세 번 길러봤다. 수염은 어른이
된 후 여러 시기의 내 얼굴을 덮어줬다. 지금의 털북숭이 모
습은 기념비적이다. 이대로 무덤에 갈 생각이다(항암치료는 꼭
피해야겠지). 각각의 수염은 모두 여자 때문에 시작되었다. 원
조 털 숲은 내 첫 번째 아내, 커비의 요청에 의한 것이었다.
왜 수염을 기르길 원했을까? 똑같은 얼굴을 매일 보는 게 싫
증 나서였을까. 아니면 수염을 기르면 산적같이 보일 거라고
생각했을 수도 있다. 난 그랬다. 1950년대에는 아무도 수염
을 기르지 않았다. 아이젠하워 시대에는 미국 건국의 아버지
들의 시대와 같이 모든 턱이 매끄러웠다. 남북전쟁 중에는

수염 기른 사람을 보기가 패혈증 걸린 사람 보기만큼 힘들 었다. 뉴햄프셔에 살았던 내 증조할아버지들 또한 얼굴에 털 이 많았다. 한 분은 남북전쟁에 반대하는 북부의 평화주의 민주당원이었음에도 참전했고 다른 한 분은 양을 치는 농부 로, 전투에 참여하기에는 나이가 너무 많았다. 1930년대 내 게 지각력이 생겼을 무렵에는 주변에 수염을 기른 사람이 괴짜 사촌 프리먼밖에 없었다. 그도 여름에 한 번은 수염을 밀었다. 그는 해마다 9월이 오면 가렵고 따끔거리는 느낌을 2주 동안 참아냈다. 많은 남자가 수염을 대엿새 길러보면 피 부를 뜯어버리고 싶어 한다. 그들은 질레트 면도기를 집어 든다.

나는 아무리 가려워도 참았다. 드디어 매슈 브래디^{Mathew} ^{Brady}의 사진 작품을 방불케 할 때까지 말이다. 덕분에 적어 도 미시간대학의 영문학과 교수처럼은 보이지 않게 되었다. 우리 과의 나이 많던 과장은 지적이고 꾀가 많았다. 그는 입 을 열면 국회의원 같았다. 중서부 억양이 흠이긴 했지만 문 단은 잘 짜여 있고 어휘의 선택도 손색이 없었다. 그는 나를 언제나 '홀'이라고 불렀다. 모든 교직원을 지칭할 때 그들의 성을 사용했다. 수염을 기르기 시작했던 여름에 나는 우편물을 가지러 과 사무실에 들렀다. 발가락을 끼는 슬리퍼, 늘어진 줄무늬 반바지, 디트로이트 타이거 티셔츠 차림이었다. 거기다 오늘날의 잡지 《베니티페어》에 실리는 남자 모델들처럼 지저분하고 까칠한 수염을 과시했다. 우리 과 학과장이 내게 인사를 건넸다. 내 직함을 명시해서. "좋은 아침이에요, 홀 교수님."

앤아버에서의 주말은 디너파티와 칵테일파티의 연속이었다. 여자들은 거들을 입었다. 남자들은 회색 정장을 입었다. 그들은 상의 주머니에 손수건을 넣어 약간 보이게 했다. 얼굴이 매끈한 체스터필드 애연가들 가운데서 나는 시가를 피웠다. 아무도 기르지 않는 수염을 기르고 시가를 피우는 나에게 거실은 갈 수 없는 곳이었다. 학생들에게 강의를 할 때는 시가를 피우며 왔다 갔다 했다. 재는 양철 쓰레기통에 떨었다. 앞줄에 앉은 여학생들은 백합 무늬가 새겨진 부드러운 파란색 가죽 주머니에서 퀄런을 꺼내 피웠다. 1960년대에 들어서면서는 강의를 시작할 때 (나를 보러 온 어떤 시인과 밤을 새우기라도 해서) 잠이 덜 깬 듯하면 강의실 앞줄에 가서 다이어트용 '그것'을 가진 사람이 있느냐고 물었다. 그러면 즉각 여학생들이 서방정이나 동그란 분홍색 알약들이 가득한 작은 도자기 상자들을 내게 내밀곤 했다. 덱세드린(각성제이자 식욕억

제제_옮긴이)을 삼키고 나면 강의에 속도가 붙었고 목소리 톤은 겨우 개들만 들을 수 있을 정도로 점점 더 높아졌다.

내가 수염을 길렀을 때 찾아오셨던 어머니는 땅만 바라봤다. 말씀을 하실 때에도 눈을 마주치지 않았다. 왜 그렇게 수염을 극도로 싫어하셨을까?

당신의 털복숭이 할아버지들과 사촌 프리먼은 그렇게 좋아하셨으면서 말이다. 그다음 세대인 어머니의 아버지 웨슬리는 일주일에 한두 번 면도를 했다. 교회에 가기 전날인 토요일 밤에 커다란 세면대에 기대어 서서 말이다. 하루가 스물다섯 시간으로 표시된 시계에 붙은 거울을 응시하며 그는 면도칼로 턱에 난 수염을 밀었다.

1967년에는 이미 오래전부터 문제가 많았던 내 결혼 생활이 파경을 맞았다. 베트남전쟁이 미국 대학들을 휩쓸 무렵 나는 학생들과 함께 어울렸고 그 와중에 시가에서 마리화나로 기호가 바뀌었다. '전쟁 말고 사랑을 하자'라는 구호는 여자애들과 남자애들을 서로에게 끌어줬고 모든 사람의 정치적 경각심을 높여주었다. 블룸필드 힐스 출신의 중산층 청년들이 길에서 사람들에게 잔돈을 구걸하면서 자신들이 이 운동에 합세했음을 증명했다.

이혼 서류에 사인을 했을 때 나는 왼쪽 고환을 생검하기 위해 마취한 상태였다. 종양은 양성이었지만 이혼은 그렇지 못했다. 세상이 변했기 때문에 나도 수염을 밀어버렸다. 어머니는 이혼을 안타까워하셨지만 내 얼굴을 다시 쳐다보았다. 내가 갑자기 독신이 되고 얼굴까지 매끈해지자 친구들이 혼란스러워했다. 친구들은 계속해서 나를 저녁 식사 모임에 초대해주었고 나도 답례로 사람들을 초대했다. 어느 날 저녁 식사에 여덟 명을 불렀다. 개인용 접시 받침이 없어서 새것은 아니지만 세탁한 면 기저귀를 사용했다. 원래 접시를 말릴 때 쓰려고 사놓은 것이었다. 저녁 식사 메뉴로는 두 가지 메인 요리를 준비했다. 칠면조 샐러드 아마릴리스와 미라클 빈즈였다. 칠면조 롤 세 개를 익혀 양파, 셀러리와 함께 잘게 썰어 바질과 핼맨즈 리얼 마요네즈 두 병을 섞었다. 맛이 기가 막혔다. 미라클 빈즈 또한 대성공이었다. 비앤엠 빈즈 캔 열 개를 데운다. 마늘을 넣고, 여기에도 바질을 넣고, 가루 머스터드를 섞어준 후에 식탁에 낸다. 친구들은 내가 여는 저녁 식사 모임에 오는 것을 좋아했다. 나는 차갑게 식힌 루이 라투르 샤샤뉴 몽라셰 까이어레와 루이 라투르 등의 1급 와인을 여덟 병이나 대접했다.

그로부터 5년 뒤에 제인과 결혼했다. 그녀는 시를 공부하는 학생이었는데, 1995년 사망할 즈음엔 네 권의 책을 출판했고 구겐하임 펠로십 장학금을 받았었다. 나와 함께 살면서 그녀의 작품성은 계속 발전했다. 우리의 생활엔 활력이 넘쳤다. 제인은 자신이 시인으로 성공을 거둘수록 스스로에게 예뻐지는 것을 허용했다. 제인이 죽기 얼마 전에 찍었던 사진들을 보면 두 종류인데 모두 아름답다. 한 종류는 완전히 영적이어서 거의 육신이 필요 없는 상태로 가기 직전이다. 다른 종류는 욕정을 불러일으킨다. 당연한 이야기겠지만 그녀의 시는 두 제인을 합친 것 같다. 결혼할 당시 나는 얼굴에 털이 없었다. 그녀는 나의 옛 사진들을 보고 다시 수염을 기르라고 권유했다. 내가 간지러워서 괴로워하는 걸 유심히 관찰한 뒤 〈수염 기르기, 처음 8일The First Eight Days of the Beard〉이라는 시를 썼다.

1. 한 페이지 가득한 느낌표
2. 차렷 자세의 한 반 학생들
3. 한 떼의 뱀장어들
4. 전동차 안에 서 있는 출근 인파
5. 요가 수행자를 위한 못으로 된 침대
6. 미지의 나라들의 깃대들

7. 움직이지 않는 지네들

8. 얼굴에 난 발톱들

　몇 주 지나자 얼굴에 난 털이 무심히 방치된 것이 아니라 수염처럼 보이기 시작했다. 두 달 후에는 무성해졌다. 수염이 직모로 나서 배까지 덮기를 바랐지만 늘 아주 지독한 곱슬로 자랐다. 산타클로스의 수염만큼이나 음모처럼 보인다.

　우리는 3년 동안 앤아버에 머물렀다. 함께 살던 집은 정말 마음에 들었다. 옛날식으로 방이 많은 집이었다. 하지만 동네가 아주 번잡했고 우리는 사람들과 부대끼며 사는 걸 원치 않았다. 1년에 한 번 우리는 뉴햄프셔의 농가를 방문했다. 케이트 할머니가 90대의 연세로 살고 계시던 곳이다. 내가 어릴 적 여름방학들을 보냈던 곳이기도 했다. 그 집 현관에 서면 저 아래에 작은 집이 보였다. 1890년대에 농장에서 일하는 일꾼을 위해 지은 것이었다. 그 외에는 집 비슷한 것도 눈에 띄지 않았다. 제인은 이 외딴 1803년생 판자집에 완전히 매료됐다. 1865년에 지어진 축사와 다 쓰러져가는 제당소도 제인을 매료시켰다. 축사는 래기드산의 능선에 닿아 있었다. 할아버지는 소들을 그곳에 방목했다. 키어사지산은 거기서 남쪽으로 8킬로미터 거리였다. 좁은 계곡에는 풀이 무성했다. 제인은 길 아래에 있는 톤리스 상점도 매우 좋아했다. 와인, 난로 연통, 로스트비프, 기념품 재떨이를 파는 곳이었다. 아침이면 온 동네 사람들이 상점에서 만나 농담을 주고받고 가십거리를 교환했다. 우리는 자동차로 이글 연못 주위의 흙길을 한 바퀴 돌고 돼지 농장을 지난 뒤 프리먼의 다 쓰러진 오두막을 거쳐 뉴캐나다 로드까지 진출했다. 한번은 일요일에 방문했을 때 할머니가 지난 80년 동안 오르간을 연주했던 남댄버리 크리스천 교회에 들러 예배에 참석했다. 내 사촌들이 나를 '도니'라고 불렀다. 목사는 '독일 시인 릴케'를 인용했다.

할머니가 피보디 요양원에 들어가신 후에 우리는 할머니가 돌아가시면 그 농가를 사기로 합의했다. '우리'란 나와 제인과 어머니와 이모들을 말한다.

1975년 나는 종신교수직을 사퇴하고 제인과 뉴햄프셔주로 이사했다. 프리랜서로 글을 써서 생필품을 사고 주택 할부금을 내야 한다는 게 걱정이 되기는 했다. 하지만 아무 문제도 없었고 나는 그 생활에 무척 만족했다. 뉴햄프셔로 이사한 후 몇 년간이 내 인생에서 가장 빛났던 시기였다. 시가더 나아졌고 야구와 뉴햄프셔에 관한 기고문이 잡지에도 실리게 되었다. 해를 거듭하면서 제인은 점점 더 시에 몰두했다. 우리는 둘만의 고립 속에서 크게 성장했고 많은 성공을 거두었다(뉴햄프셔주의 헌법은 저녁 식사 초대를 금지하고 있다). 하루 하루가 똑같았는데 매일이 축복받은 날이었다.

그리하여 내가 분위기를 한번 확 바꿔보기로 했다. 13년 동안 길러온 수염을 크리스마스 날 몰래 밀어버릴 작정을 했다. 바바솔 면도 크림 한 통과 일회용 면도기 한 개를 사서 잘 드는 가위와 함께 욕실에 숨겨놓았다. 그해 크리스마스에 는 집이 몹시 북적였다. 내 어머니 루시, 제인의 어머니 폴리 그리고 대학생이던 내 아이들, 앤드루와 필리파가 와 있었 다. 크리스마스 날 아침, 아침 식사를 하고는 각자의 선물을 열어보았다. 이어서 칠면조가 익기를 기다리는 졸린 막간의 시간이 도래했다. 나는 모두가 화장실을 이용한 다음의 시간 을 기다렸다. 가만히 들어가 문을 닫고 나의 도구들을 펼쳐 놓았다. 가위를 집어 들고 싱크대 위의 거울에 비친 내 모습 을 바라보았다. 잠깐 망설였다. 정녕 자를 것인가? 거실에서 졸고 있을 가족을 생각하다가 나는 결단을 내렸다. 가위를 집어 들고 턱과 뺨에서 수염을 무더기로 잘라내 휴지통에 던져버렸다. 얼굴에 구멍이 나지 않게 조심해서 대부분의 털 을 제거했다. 얼굴에 남아 있는 털 뭉치들은 여기 삐쭉 저기 삐쭉한 게 마치 제대로 잘리지 않은 건초밭 같았다. 면도 크림을 좍 바르고 면도날을 살에 댔다. 2센티미터씩 긁을 때마다 면도기가 막히고 정지했다. 수돗물에 계속 씻어내야 했다. '수염 기르기, 처음 8일' 이전의 내 살이 모습을 드러냈다. 전에 본 적 없는 처진 턱과 함께 말이다. 거실로 가자 필리파가 비명을 질렀다. 제인과 장모가 놀라서 911이라도 부를 태세로 부엌에서 뛰어나왔다. 난리 법석에 벽이 흔들리는 것 같았다. 어머니는 입을 다물지 못하고 나를 응시했다. 그리고 웃으셨다. 오직 앤드루만 평정심을 유지했다. 그 애는 조용히 미소를 지으며 내가 가족에게 선사한 장난을 재밌어했다. 칠면조와 그 속을 채운 음식을 먹는 동안 사람들의 눈이 계속 나의 새로운 얼굴을 훑었다. 따뜻했던 그해 크리스마스 오후, 세 종류의 파이를 먹은 뒤 앤드루가 나를 현관에 앉히고 남아 있던 털 뭉치들을 다듬어주었다. 그 후로 며칠 동안, 그 지역 사람들의 반응은 대체로 못 믿겠다는 표정에 이은 폭소였다. 부엌의 쿠커를 고쳐준 수리기사는 예외였다. 그는 내가 나라는 것을 믿지 않았다. 길 아래 상점에서 내가 막 면허증을 꺼내 들었을 때 밥 톤리가 그를 납득시켰다. 정반대의 경우로 딕 삼촌은 변화를 느끼지 못했다. 그는 내가 달라 보이는데 왜 그런지 모르겠다고 했다.

제인이 살아 있던 동안은 얼굴을 벌거숭이로 유지했다. 우리는 함께 사진을 찍었고 빌 모이어스가 제작한 〈함께한 인생A Life Together〉이라는 쇼에도 출연했다. 지금도 가끔씩 그 필름이 내가 있는 자리에서 방영될 때가 있다. 그럴 땐 저 사람이 대역이 아니고 진짜 나라고 역설해야 한다.

제인은 15개월 동안 백혈병과 싸우다 마흔일곱 살에 죽었다. 나는 진심으로 애도했다. 엘레지, 즉 슬픔의 시 외에 다른 것은 쓸 수가 없었다. 상실감에 눈물을 쏟았다. 그러나 내가 어느 시에서 변명처럼 쓴 구절이 있다. "욕정은 슬픔이/침대 위에서 돌아누운 것이다/ 다른 방향을 보기 위해." 배우자를 잃은 사람들 중에는 다른 사람을 사랑한다는 건 상상도 하지 못하는 사람이 많다. 또 다른 사람들은 그 반대다. 『율리시스Ulysses』에서 레오폴트 블룸은 공동묘지를 비탄에 잠긴 과부를 꼬시는 장소로 생각한다. 그리하여 나는 잡지사에서 일하는 어느 젊은 여성과 함께하게 되었다. 그녀는 날씬하고 예쁜 금발 여성이었고 재미있고 영리하고 문란했다(우리는 한 번도 사랑을 거론하지 않았다). 그녀를 펄이라고 부르겠다. 저녁 식사 후 우리는 내 집 거실에 앉아 마디라 와인을 마시며 대화하고 있었다. 내가 담배 한 개비를 꺼내면서 피워도 되겠냐고 물었다. "참느라 죽는 줄 알았어요"라고 하면서 그녀도 담배를 꺼냈다. 그녀는 내게 아버지가 자살한 얘기를 해주었다. 나는 제인의 죽음에 관해 말했다. 그녀가 소변을 보러 방에서 나가자 나도 화장실 문 앞으로 가서 그녀가 나오기를 기다렸다. 그녀는 순순히 침실로 따라왔다. 잠시 후 즐거운 시간을 보내던 중에 그녀가 말했다. "내 다리를 당신 머리에 감고 싶어요 I want to put my legs around your head." 그 말은 완벽한 약강 오보격의 시였다('아이 **원트** 투 **풋** 마이 **레그즈**'라는 식으로 약한 발음과 강한 발음이 다섯 개의 음보로 이어진다는 의미_옮긴이). 아침에 일어났을 때 우리는 서로 친구가 되었다. 커피를 마시고 담배를 피웠다. 내가 다시 제인 얘기를 꺼내자 펄은 말했다. "오늘 아침은 전보다 조금 더 행복하지 않나요?"

그로부터 7주 후 펄이 관계를 끊었다. 내가 차이기 전에 우리는 뒷마당에 누워서 일광욕을 했다. 그때 그녀가 내게 수염을 기를 것을 권했다. 내 책들의 표지를 봤다고 했다. 그녀가 말했다. "메피스토펠레스 같을 거예요." 그거면 충분했다. 또다시 내 모습을 바꾸는 게 맞다고 느껴졌다. 내 주위의 모든 것이 송두리째 바뀌었기 때문이다.

나는 제인을 하루 종일, 매일매일 애도했다. 나의 세 번째 수염과 새로운 여자친구들은 내가 그녀의 죽음을 받아들이는 수단이었다. 몇 번의 관계는 애정에 굶주린 내가 안달복

달해서 깨졌다. 어떤 관계는 부정 때문에 끝나기도 했다. 혹은 점점 문제가 생기는 육체 때문에 잘 안됐다. 캘리포니아 주에 살던 친구와는 1년 넘게 서로의 집을 방문하며 관계를 지속했다. 그녀는 내 수염을 왕창 줄였다. 점점 다듬기를 거듭해 결국 염소수염으로 바꿔놓았다. 내 뺨이 구레나룻에서 콧수염까지 그리고 턱까지 매끈해지도록 만들었다. 열 몇 번의 밀회와 상당한 항공 마일리지가 쌓인 후에 우리는 그만 만나기로 합의했다. 나는 커다란 수염을 되찾았다.

지금으로부터 12년 전에 나는 린다를 만났고 사랑을 다시 찾았다. 우리는 서로 한 시간 거리에 살면서 일주일에 두세 차례 함께 밤을 보낸다. 그녀는 고딕 성당처럼 키가 크고 뼈대가 곧으며 귀여운 보조개를 지녔다. 성품이 다정하고 나만큼이나 멋을 부리지 않는다. 귀고리, 화장, 치마는 절대 손을 대지 않으며 청바지와 가정집 앞뜰에서 파는 셔츠만 사 입는다. 머리빗이나 헤어브러시는 여자아이들이나 사용하는 것을 쓴다. 우린 함께 영화를 보고, 이디스 워튼Edith Wharton의 소설을 서로에게 읽어주고, 함께 여행을 다닌다. 2002년에는 충동적으로 런던까지 날아갔다. 그 후에 우리는 시 낭송회에 참석하기 위한 여행을 여러 차례 함께했다. 한 번도 머리에 빗질을 하지 않으면서 말이다. 내가 여든 살이 되고 가슴에 남성호르몬 테스토스테론을 문질렀더니 수염이 사자처럼 웅장해졌고 길이가 10센티미터나 더 자랐다. 머리카락도 더 길어졌고 더부룩해졌다. 린다의 격려에 힘입어 나는 헝클어진 머리카락을 한 번도 억누르려 하지 않았다. 린다가 나를 휠체어에 태우고 공항들을 누빌 때 나의 80대는 계속 이어진다. 나는 지저분하고 눈에 띄는 모습을 전에 없이 즐기고 있다. 점점 더 빠르게 무덤에 가까워지고 있는 나는 죽은 뒤 파랗게 변색한 얼굴에 면도는 절대 하지 말라고 확실히 일러놓았다. 내 아이들, 린다, 장의사를 포함한 모두에게 당부했다.

금연

여든 살이 넘어서 외양간을 바라보는 내 눈에 금연 표지판이 보인다. 페인트칠이 되지 않은 회색의 널빤지 위에 녹이 슨 채 기울어져 있다. 1875년에 태어난 할아버지가 한 세기 전에 이곳에서 젖소의 우유를 짰다. 할머니, 할아버지 두 분 다 담배를 피우지 않았다. 할아버지가 언제 이 표지판을 못으로 박았는지는 모르지만 왜 그랬는지는 안다. 가끔씩 비렁뱅이가 해가 진 후에 축사에 숨어들어 가 건초 더미 위에서 잤기 때문이다. 한번은 할아버지가 아침에 소들이 묶인 곳에서 담뱃재를 발견했다. 축사는 화재에 무척 취약하다. 빨간색 배경에 흰 글씨로 쓰인 표지판을 볼 적마다 나는 옆에 놓인 담뱃갑에서 한 개비를 빼어 든다. 빅Bic 라이터를 켜고 담배를 한 모금 빤다.

아주 오래전 나의 부모님이 농장을 방문했을 때, 아버지는 담배를 바깥에서 피워야 했다. 어머니는 대학생 때 담배를 배웠는데 부모님 앞에서는 담배를 만져본 적도 없는 척을 했다(내 할머니는 아흔일곱 살까지 사셨는데 냄새를 잘 맡지 못하게 되셨다. 그래서 나이 든 어머니는 2층에 몰래 올라가 담배를 태우셨다). 아버지는 점잖고 다정한 분이었지만 태생이 여유가 없고 불안정했다. 체스터필드 궐련이 없이는 아무것도 못 하셨다. 그분은 말똥을 피해 집 진입로를 왔다 갔다 하며 하루에 네 갑씩 피우는 습관을 이어갔다. 아버지는 열네 살에 담배에 입문하여 쉰한 살이 되던 1955년 폐암 선고를 받았다. '폐암'이라는 단어를 쓰거나 언급하거나 생각할 때마다 나는 폴몰 담배를 집어들며 스스로를 진정시킨다.

1955년에 나는 아내와 아직 아기였던 아들과 함께 부모님 집에서 약 두 시간 거리에 살았다. 그해 5월에 차를 운전해 아버지가 폐암 상태 확인을 위한 수술을 받는 것을 보러 갔다. 나는 아버지가 누워 계신 간이침상을 밀고 엘리베이터에 올랐다. 어머니와 나는 부모님 집으로 가서 소식을 기다렸다. 만약 반나절 동안 전화가 울리지 않는다면 암이 퍼진 쪽

폐가 수술로 제거되었을 가능성이 있었다. 전화벨이 너무 일찍 울렸다. 우리가 수술 의사의 방에 도착하자 아펠 박사가 설명을 시작했다. 암 부위를 들어냈으면 아버지가 수술대에서 돌아가셨을 거라고 했다. 단기적인 전망은 나쁘지 않지만 장기적으로는……. (방사선 치료를 받으면 2개월 더 살 수 있을 거라고 했다. 아버지는 골프도 쳤고 12월까지 돌아가시지 않았다.) 어머니는 아펠 박사의 말을 이해하고는 가방을 잡은 손가락에 경련을 일으켰다. 어머니를 배려해 흉부외과 의사는 자기의 재떨이를 책상 언저리로 밀어주었다.

1955년엔 모두가 담배를 피웠다. 성인들이 파티를 열면 가죽 상자에 담배를 담아 테이블마다 벽난로 턱마다, 표면이 평평한 곳이면 어디에나 놓아두었다. 은으로 된 론슨 라이터와 수많은 재떨이와 함께 말이다. 동그란 크리스털 재떨이, 담배 놓는 곳이 깊게 파인 네모난 도자기 재떨이, 검은 철제 기둥 위에 핀 꽃 같은 재떨이, 파이프에 박힌 재를 털기 좋게 가운데에 코르크가 숭숭 박힌 재떨이.

노스캐롤라이나주의 더럼에 가면 듀크 홈스테드와 담배 박물관Duke Homestead and Tobacco Museum이 있다. 내 생각에 그곳 진열장에는 여러 종류의 유물들이 가득할 것 같다. 다른 곳에도 박물관은 있지만 그곳들을 다 둘러보려면 너무 힘들

것이다. 상하이에 가면 궐련 전시가 포함된 중국 담배 박물관이 있고 인도네시아에 또 한 군데가 있다.

내 친구 캐럴 콜번이 자신의 다락에서 크고 인상적인 책을 발견했다. 1904년 창립한 아메리칸 토바코가 자사의 50주년을 기념하여 1954년 출간한 『미제 상품! 첫 50년』이었다. 144쪽 두께의 단행본으로 크기는 가로 23센티미터, 세로 30.5센티미터였다. 밝은 빨간색 표지의 이 책은 16세기 이래 담배 산업의 발전 상황을 화려하게 서술하고 있다. 그 당시 탐험가들과 제국주의자들은 친절한 인디언들이 나눠준 담뱃잎을 처음으로 경험했었다. 담배를 가공하기 위해 많은 회사가 설립되었다. 흡입 방법에는 세 종류가 있었다. 코로 들이마시거나 입에 넣고 씹거나, 태울 수 있었다. 불을 붙이려면 도구가 필요했다. 파이프에 넣는다든지 담뱃잎이나 다른 이물질로 싸야 했다. 종이가 이겼다. 1904년 10개 회사가 아메리칸 토바코와 합병했다.

회사의 폴 M. 한Paul M. Hahn 회장이 서문에서 역사를 소개했다. 월터 롤리Walter Raleigh 경이 담배 중독을 널리 퍼뜨리는 데 도움을 주었다. 조지 워싱턴George Washington은 자신의 군대에 담배를 배급하고 싶어 했다. 우리는 제임스 1세James I가 '최초의 열정적인 담배 혐오인'이었다는 걸 그에게서 듣는다. 제임스 1세는 16세기 일반외과 의사였다. 책에는 많은 일화가 소개돼 있지만 총살 부대가 방아쇠를 당기는 순간 희생자들이 그들의 마지막 담배 개비를 내던졌다는 얘기는 없었다. 1593년 살해된 크리스토퍼 말로Christopher Marlowe가 죽는 순간에 "담배와 소년들을 사랑하지 않는 자들은 모두가 천치다"라고 말했다는 내용도 없었다.

담배 가게 앞의 인디언 목각인형(옛날 담배 가게의 간판으로 이용됐다_옮긴이)에 대해서는 언급을 하고 있다. 이 밖에 스위트 카포랄Sweet Caporal, LS/MFT(Lucky Strike Means Fine Tobbaco의 약자로 '럭키 스트라이크는 고급 담배를 의미한다'라는 뜻_옮긴이), 허버트 테리튼Herbert Tareyton이 언급된다.

농부들이 담배를 경작하는 모습을 담은 목판화도 있다. 아메리칸 토바코의 주문을 받아 토머스 하트 벤턴Thomas Hart Benton이 제작한 것이다. 우리는 프랭클린 루스벨트Franklin Roosevelt가 시가에서 궐련으로 기호를 바꾼 일화를 읽는다. 그는 당시 유행하던 긴 담뱃갑에 궐련을 넣어두고 사용했었다. 1차 세계대전은 궐련이 참호의 양쪽을 모두 정복했던 시기였다. 미국독립혁명에서부터 남북전쟁을 거쳐 2차 세계대전까지 담배는 살육을 증진시키고 더 용이하게 만드는 역할을 했다.

아무 곳에서도 아메리칸 토바코의 100주년 기념 속편 『건강에 해로움! 최초의 100년』을 찾을 수가 없다. 아마존에서 검색해봤다.

문제의 50년 동안 미국의 모든 거실은 연기로 자욱했었다. 술집, 식당, 철물점, 호텔 로비, 선실, 사무실, 공장 작업장, 자동차 안, 병실, 피자 가게, 의류 공장, 시민 모임, 연구실, 궁전, 백화점, 슈퍼마켓, 이발소, 맥도날드, 미용실, 미술관, 서점, 약국, 남자 화장실, 구멍가게, 여자 화장실, 축사(단 우리 할아버지의 축사는 빼고), 영화관, 낙농장, 공항, 흉부외과 의사 사무실, 창고, 다방, 빨래방, 카페테리아, 시청, 메이시스 백화점, 체육관, 이글루, 대기실, 박물관, 뉴스룸, 교실, 제철소, 도서관, 강의실, 응급실, 강당, 공원, 몽골 텐트 그리고 해변까지. 장례식장은 말할 필요도 없다.

파티가 끝난 후 거실을 청소할 때면 집주인들은 쓰레기통을 수천 개의 꽁초로 채웠다. 담뱃재와 비벼 꺼진 꽁초의 무게는 엄청났다. 타서 버린 토스트, 달걀 껍질, 종이 수건, 깡통, 주사 바늘 그리고 고양이 배변장 모래를 합친 것보다 무거웠다. 1954년에는 23센트로 담배 한 갑을 살 수 있었다(지금은 6~9달러가 있어야 하고 주 세금에 따라 그보다 더 많은 돈이 필요할 수도 있다). 호텔에 흡연실을 따로 만들 필요가 없었다. 사람들이 아무 데서나 피웠기 때문이다. 모든 잡지(《타임》,《월간애틀랜틱》,《뉴스위크》,《라이프》)의 뒤표지에는 전면 컬러의 담배 광고가 어김없이 실렸다. 퇴직하기 시작한 베이비붐 세대들은 말보로 맨을 기억할 것이다. 그는 담배가 음경을 확대시킨다고 말했다. 버지니아 슬림스는 담배가 여성의 가슴골을 깊숙하게 만들어준다고 광고했다.

유명했던 광고 하나는 의학 쪽을 선택했다. 엄숙한 표정의 남자가 우리의 눈을 응시하면서 손가락으로 우리를 가리킨다. 마치 1차 세계대전 때 우리를 입대하게 만들었던 엉클 샘 포스터처럼 말이다. 남자는 흰 가운을 입고 머리에 거울을 달았다. (그래도 그의 직업이 뭔지 못 알아볼까 봐) 목에는 청진기를 둘렀다. "올드 골드는" 그가 단호하게 일러준다. "당신 몸에 좋습니다."

그 이후 미국 공중위생국이 담뱃갑에 무서운 경고문을 붙였다. 그리하여 2000년쯤부터는 모든 사람이 흡연을 용서받을 수 없는 짓, 대량학살이나 러시 림보Rush Limbaugh(미국의 극보수주의 논객. '페미나치'라는 용어의 창시자_옮긴이)와 동급이라고 생각하게 됐다. 절친했던 앨리스 매티슨Alice Mattison은 내가 물고 있는 켄트를 뺏으려다가 얼굴을 두 번이나 쳤다.

처음에는 술집이나 식당에 흡연 구역이 정해졌었다. 하지만 곧 모든 공공장소에서 흡연이 금지됐다. 죄의식에 사로잡힌, 더러운 남자와 여자들이 빌딩 밖의 보도에 옹기종기 모인다. 눈보라가 치는 날에도 기록적으로 더운 날에도 병원 바깥에는 환자복을 입은 사람들이 한 손으로는 수액걸이를 잡고 다른 한 손에는 담배를 들고 서 있다. 그들은 모두가 수치심에 젖어 서로를 의지하고 얼굴을 보이지 않으려고 고개를 숙인다. 그러면서 폐공기증, 울혈 심장, 고혈압, 심장병, 이게 뭔지 모르겠지만 만성 폐쇄성 폐질환, 구강암, 기도암, 폐암을 일으킬 담배 연기를 깊숙이 들이마신다. 잠시 내가 글쓰기를 멈춘다. 아, 그래 이거야.

캐럴은 내 친구 중 유일하게 담배를 피운다. 그녀가 찾아오면 우리는 마주 앉아 맞담배를 하면서 죽음에 대해 얘기한다. 차를 운전하거나 텔레비전에서 스포츠 경기를 시청하거나 책을 읽던 중에 어떻게 해서 담배를 꺼내 불을 붙이고 연기를 들이마시게 되는지를 이야기한다. 이때의 흡연은 아마 뭐라도 하고 있기 위해서일 것이다. 이것이 자위 대신일까? 흡연이 주는 한 가지 장점이 있다는 사실에 우리 둘 다 동의한다. 우리가 숨을 쉴 수 없게 되었을 때 "왜 나죠?" 하고 물을 일은 없을 것이다.

지각 있고 분별력 있는 인간이라면 우리가 담배 연기를 내

뽑을 때 수풀 사이로 몸을 숨길 것이다. 린다와 함께 있을 때 나는 바깥 현관으로 나가서 담배를 피운다(밤에 지나가는 차의 운전자들이 보내는 경악과 분노가 느껴진다. 그들이 내 범죄의 빨갛게 달아오른 끄트러기를 봤기 때문이다). 나는 잠깐 동안 니코틴 결핍으로 인한 고뇌에서 벗어난다. 타락. 그것은 아직 내가 흡연의 이점으로 열거하지 않았던 부분이다. 마른기침 때문에 몸이 꼬일 때 (그래서 추모기사를 읽다가 혹은 말기암 환자 관리에 관한 의사 아이라 바이악Ira Byock의 책을 읽다가 멈춰야만 할 때) 기침을 멈추게 하기 위해 내가 뭘 할 것 같은가?

린다는 내 흡연이 가져다준 또 다른 좋은 결과를 마지못해 말해준다. 시 낭송회에 동행하는 그녀는 내 목이 담배에 찌들어서 음성이 낮게 울리는 효과가 있다고 한다. 낭송이 끝나면 사람들이 사인을 받으려고 줄을 선다. 가끔 나는 사람들을 제지하고 남자 화장실을 이용하는 척한다.

계관시인의 명예를 제의받았을 때 나는 거절하려고 했다. 사무실에서 담배를 피울 수 없을 것이기 때문이었다. 나중에 출근을 하지 않아도 된다는 걸 알고는 생각을 바꿨다. 재직 기간 동안 단 한 번 사무실을 방문했을 때 사서가 들어와 긴 창문을 열어주었다. 밖으로 나가면 안락한 발코니가 있었다. 한번은 작가들의 모임인 AWP 회의가 시카고의 한 호텔에서 열렸다. 무려 8,000명이 등록을 했다. 밖으로 나가서 담배를 피우려고 로비를 지나는데 400여 명의 예비 시인이 동시에 인사를 했다. 나는 긴급히 자리를 피했다.

호텔방에서 흡연을 하다 들키면 벌금으로 700달러를 내야만 했다. 난 창문을 조금 열어놓고 그냥 담배를 피웠다. 방을 청소하는 직원은 그 사실을 눈감아줬다.

캔들 큐리어는 내 비서다. 내 원고 초고와 편지들을 타자로 치고 회계출납을 기록하고, 모든 기술적 문제를 해결하고, 내게 온 법적·재정적 문서들에 대해 설명해준다. 또한 나를 태우고 운전을 해준다. 한번은 그녀더러 가져가라고 내가 현관에 내놓은 가죽 상자에서 담배꽁초가 발견되었다. 내가 잘못 버린 꽁초 때문에 내 수정본들이 불에 탔다. "어디 있는지 못 찾겠더라고. 어디서 저절로 꺼진 줄 알았지." 또 한번은 눈이 다 녹았을 때 캔들이 현관 옆 정원에서 꽤 큰 나무 바구니를 채울 분량의 물에 젖은 담배꽁초를 거둬들였다. 겨우내 쌓인 눈 위로 내가 던졌던 것들이었다. 언젠가 그녀가 내 차를 운전해 나를 뉴욕까지 데려다주었다. 매사추세츠주 스프링필드쯤 갔을 때 그녀는 차 안에서 담배를 피우면 안 된다고 말했다. 내 차 안에서 말이다. 그녀는 차를 세웠고 나는 도랑을 따라 왔다 갔다 하며 나를 안도하게 하는 연기를 들이마셨다. 캔들은 착하지만 만만치 않다.

나는 궐련 담배를 비교적 늦게 배웠다. 어렸을 때 엑서터 고등학교 기숙사의 꽁초 방에서 시가를 피웠었다(모든 사립학교는 기숙사에 흡연 공간을 제공했다).

어른이 되어서는 강연장에서 강의를 할 때 그리고 거의 모든 사교 모임에서 시가를 피웠다. 한 여자친구는 자신의 칵테일파티에서 내가 담배를 피울 때마다 커튼을 떼어 세탁소에 보낸다고 했다. 물론 시가 연기를 깊숙이 들이마시지는 않았다. 어떻게 하는지 몰랐기 때문이다. 그러나 연기를 다 뱉어내면 내 주위를 감싸는 어두운 안개에 숨이 막혔다. 모두가 그랬다. 심지어는 심리요법 중에도 시가를 피웠다. 프롤리치Frolich 박사는 앤아버의 정신분석학자였는데 심리요법을 시행하는 유일한 인물이었다. (앤아버에 일곱 명의 정신분석학자가 있었고 그 숫자는 프로이트의 고향 비엔나보다 일곱 명이 더 많은 것이었다.) 정신분석이 아닌 심리치료를 받았던 탓에 의사와 나는 늘 얼굴을 맞대고 있었다. 나는 긴 의자에 눕지 않았다. 그리고 우리는 4년 동안 일주일에 겨우 세 번씩만 만났다. 나는 저지 케이브 시가를 태우고 프롤리치 박사는 캐멀Camel(담배제품명_옮긴이)을 피웠다. 가끔 꽁초의 불을 새 담배에 붙이면서 말이다. 그는 성인기의 초반부터 의대 4년을 거쳐 군의관이었던 2차 세계대전 시절, 인턴 시절, 신경정신과 레지던트 시절, 한 기관에서의 5년에 걸친 분석 훈련 시절, 그리고 수십 년의 개업의 시절 내내 흡연을 했다고 했다. 그는 일흔이었는데 당시에도 일주일에 담배 세 보루를 다 피운다고 했다. 꽤 오래 심리치료를 받은 뒤 나는 그가 담배를 피우고 있지 않다는 걸 깨달았다. 생각해보니 지난 며칠 동안 도통 피우지 않았다. 나는 웬일이냐고 물었고 그는 아들이 금연해줄 것을 요청했다고 말했다. 그는 건강을 생각해 금연하기에는 이미 너무 늦었다고 대답했다. 아들이 말했다. 자신이 걱정하는 건 2차 흡연, 즉 자기 자신이라고 말이다. 박사는 금연했다. 아주 쉬웠다고 내게 말했다. 그는 아흔두 살까지 살았다.

다른 모든 흡연자와 마찬가지로 나도 한 번씩 금연을 한다. 내가 60대였을 때 완전히 금연에 성공했던 적이 있다. 그렇게 느껴졌었다. 누군가가 내게 흡연자들을 치료하는 최면술사가 콩코드에 있다고 말해주었다. 나는 예전부터 최면에 쉽게 빠져들었다. 자아가 과다하게 발달한 사람은 항복하는 데 겁을 내지 않는다. 그 의사를 보자마자 그가 가짜란 걸 알았다. 빳빳하게 풀을 먹인 흰 가운을 입은 그는 건강을 위해 올드 골드를 피우라고 권하던 모델에 버금가게 잘생기고 상냥했다(그가 자신의 버니 메이도프 투자금융 주식을 사라고 권할 거라고 나는 예상했다. 연간 90퍼센트의 배당금이 보장된다면서 말이다). 그럼 어때? 한번 부딪혀보기로 했다. 작은 방에서 그는 나를 안심시키는 음성으로 말을 건넸다. 어조가 마치 최면술사 같았다. 내가 졸리기 시작했을 때 그는 자신의 목소리가 녹음된 테이프를 틀어놓고 방에서 나갔다.

녹음 재생이 끝났을 때 나는 다시는 흡연하지 않으리라는 사실을 확신하게 됐다. 그의 사무실에서 환희에 젖어 나왔다. 그래서는 안 되는 줄 알지만 담뱃갑을 하수구에 던져버렸다. 그 후로 연속 7주 동안 니코틴 없이도 행복이 넘쳤다. 그러던 어느 날 밤 저녁 식사 중에 전화벨이 울렸다. 다음 날 아침에 나는 아칸소로 날아갈 예정이었다. 내 친구가 쉰 살의 나이에 죽었다는 소식을 전하는 전화였다. 고등학교와 대학교 때 가장 가까웠으며 내 첫 번째 결혼식의 들러리를 서줬던 절친한 친구였다. 낭송회에 가기 위해 로건공항으로 향하던 나는 제일 먼저 눈에 띄는 가게에 들어가 담배를 샀다. 일주일 후 다시 그 최면술사를 찾아가서 실패했다고 말했다. 나는 다시 최면에 빠졌지만 아무런 변화도 일어나지 않았다. 그가 말했다. "이게 효과가 없으면 정신분석을 하도록 하지요."

나는 마흔 살이 되어서야 처음 퀄런을 피웠다. 미국 공중위생국이 구태의연한 경고문을 발표한 시기와 얼추 비슷했다. 그때 나는 대학교수였고, 아내와 따로 살고 있었으며, 1960년대를 덮쳤던 반문화운동의 언저리에 막 들어선 참이었다. 내 제자들이 제일 좋아하던 스포츠는 '교수님 달아오르게 하기'였다. 내가 마리화나를 직접 사거나 할 필요가 전혀 없었다. 그리고 빌 클린턴Bill Clinton과는 달리 나는 마리화나 연기를 들이마실 때의 요령을 따랐다. 그에 따르는 고통을 즐기는 법도 배웠다.

슬프게도, 내가 굴욕과 자해를 추구했던 데는 더 깊은 이유가 있었다. 젊고 아름다운 여자와 화산이 폭발하는 것 같은 연애를 했던 것이다. 그녀는 정신병자는 아니었지만 초현실주의자 같은 목소리를 냈다. 그 외에도 많은 매력의 소유자였고 본인도 그것을 알고 있었다. 다만 한 가지 용서받지 못할 결점 때문에 무척 괴로워했다. 그녀는 켄트를 줄지어 피우는 행동을 멈출 수가 없었다. 우리가 밀회할 때면 뿌연 안개가 에로틱한 환희로 출렁거렸다. 그녀는 우리 사이의 섹스를 무척 좋아했지만 스스로가 배출하는 안개를 병적으로 싫어했다. 그러다가 악랄하게도 나를 냉혹하게 차버렸다. 나는 미치광이가 되었다. 자살을 꿈꾸었고 복수심에서 켄트를 피우기 시작했다. 수십 년 동안 그녀를 보지 못했다. 지금 80대가 된 나이에 나는 아직도 그녀를 향해 외치고 있다, "네가 나에게 무슨 짓을 했는지 보라고!"

정이 많았던 나의 아버지께서 담배를 그렇게 많이 피우지
않았다면 지금 115세가 되었을 것이다. 1960년대 후반부터
새천년으로 접어드는 시점 사이에 미국인 가정의 거실은 연
기로부터 해방되었다. 그뿐 아니라 술집, 식당, 철물점, 호텔
로비, 선실, 사무실, 공장 작업장, 자동차 안, 병실, 피자 가게,
의류 공장, 시민 모임, 연구실, 궁전, 백화점, 슈퍼마켓, 이발
소, 맥도날드, 미용실, 미술관, 서점, 약국, 남자 화장실, 구멍
가게, 여자 화장실, 축사(내 축사는 빼고), 영화관, 낙농장, 공항,
흉부외과 의사 사무실, 창고, 다방, 빨래방, 카페테리아, 시
청, 메이시스 백화점, 체육관, 이글루, 대기실, 박물관, 뉴스
룸, 교실, 제철소, 도서관, 강의실, 응급실, 강당, 공원, 몽골
텐트, 해변 그리고 단연코 장례식장도 당연히 이런 추세를
따랐다.

　　　내 트레이너인 패멀라 샌번(이하 팸)은 화요일
과 목요일 오후에 나를 운동시킨다. 그녀는 자그맣고 힘이
세다. 신장 147센티미터, 체중 45킬로그램의 근육질이다. 만
약에 그래야 한다면 90킬로그램인 나를 어깨 위로 들어 올
릴 수 있을 것이라고 확신한다. 트레이닝하는 30분 동안 그
녀는 나를 러닝머신에 올려 유산소운동을 하게 하고, 2.2킬
로그램의 무게를 들고 스쿼트 자세를 취하게 하고, 4.4킬로
그램을 머리 위로 또 양옆으로 들게 한다. 근육 스트레칭을
시키고, 비치볼을 손을 대지 않은 채 무릎 사이에 끼고 서 있
게 하고, 팔굽혀펴기(사실은 벽에 대고)를 시킨다. 당연한 일이

겠지만 운동은 고통스럽다. 80년 동안 의식적으로, 또 편한 게 좋아서 거들떠보지도 않은 탓이다(쉰 살이 되고부터는 매일 6.4킬로미터씩 걸었다). 팸은 귀여운 데다 운동을 아주 많이 즐긴다. 그녀는 결혼 생활이 끝난 뒤 '피트니스 싱글즈'라는 인터넷 사이트에서 새 파트너를 만났다. 현재 두 사람은 자전거로 이탈리아를 여행하고 있다. 내가 이혼했을 때는 시 낭송회가 끝났는데도 공연히 남아 있는 여자들 중에 파트너 후보를 찾아봤었다.

운동은 지루하다. 의자(읽고 쓰는)나 침대 위에서 하는 일(섹스를 의미_옮긴이) 이외의 모든 행위는 지루하다. 조각가, 화가 그리고 음악가들은 작가들보다 오래 산다. 작가들은 오로지 펜으로 적거나 키보드를 치느라 손가락을 움직일 뿐이다. 조각가들은 깎거나 용접하거나 진흙을 치댄다. 화가들은 서서 일한다. 그들은 밤마다 거의 1리터에 달하는 코냑을 마시지만 다음 날 아침이면 육체적 활동에 복귀한다. 튜바 연주자는 무거운 물건을 들어야 하고 숨을 깊숙이 쉬어줘야 한다. 하모니카를 부는 것도 글 쓰는 것에 비하면 더 건강해야 할 수 있다.

많은 사람이 나를 움직이게 해보려고 노력했었다. 제인은 수년 동안 고양이를 아주 좋아했다. 이 집에는 제인이 친구들로부터 받은 고양이와 관련된 선물이 가득하다. 고양이 모양의 수면등과 문 소란(도어 스톱), 도자기 인형들. 이윽고 제인은 작가 친구 집에서 거스(개)를 보고 마음을 빼앗겨버렸다. 그녀가 거스를 집에 데려왔을 때 제인이 (그녀는 나를 퍼킨스라고 불렀다) 핑계를 만들었다. "개가 퍼킨스를 일으켜 세울 거예요." 그리하여 그로부터 여러 해 동안 하루에 15분을 걷게 되었다. 친구의 남편이 나와 함께 개 산책을 시키곤 했다. 그의 증언에 따르면 내가 흙길에 차를 세우고 거스를 혼자 걷게 한 다음 휘파람을 불어 돌아오게 했다고 한다. 그러다가 제인이 백혈병으로 죽고, 개의 뒷다리가 기능을 못 하게 됐고, 나의 하체가 기능을 거의 못 하게 되었다. 난 하루 종일 엉덩이를 붙이고 앉아 필기체로 글을 쓴다. 캔들은 그것을 다시 타자로 옮긴다. 가끔은 차를 타고 3.2킬로미터 정도 떨어진 팬케이크 로드를 지나곤 했다. 거기서 콜리를 산책시키는 남자를 보았다. 개는 앞발로 전진하고 엉덩이에는 바퀴가 두 개 부착돼 있었다. 요즘에 나는 더 이상 차를 타고 팬케이크 로드를 지나가지 않는다. 아무 곳도 지나가지 않는다. 개는 자기 몸 뒤에 달린 걸 끌어당겼지만 나는 바퀴를 앞에 놓고 민다. 내 앞발이 바퀴 넷 달린 수레의 손잡이를 잡고 있는 동안 찌그러진 내 뒷다리는 천천히 나의 시체를 앞으로 밀어낸다. 걸어가면서 침을 흘린다. 가끔씩 나무의 냄새를 (개처럼_옮긴이) 맡아본다.

　내가 아기였을 때 부엌 탁자 위에 기어 올라가 버터 4분의 1통을 게걸스럽게 먹어버렸다고 한다. 그다음 곧바로 뱉어냈지만 혀가 기억하는 그 맛은 노란 유지방을 평생 싫어하는 계기가 됐다. 또한 그 사고는 나중에 내가 운동신경이 없는 사람이 되는 데 일조했던 것 같다. 탁자 위로 기어 올라간다는 것은 운동선수와 어울리는 일이기 때문이다. 아니면 내가 운동을 못하는 것은 어머니에게서 물려받았는지도 모르겠다. 농장에서 자라던 소녀 시절, 어머니는 도끼로 나무를 패거나 풀을 베거나 연못에서 커다란 얼음덩이를 끌어내는 일 같은 건 하지 않았다. 그 대신 할머니를 도와 작업복을 빨고 빨래를 수동 탈수기에 짜서 줄에 너는 일을 했다. 또 지하 저장실에 있는 통조림에 든 옥수수와 완두콩을 부엌으로 나르는 일을 했다. 그 외에는 전혀 근육을 쓰는 사람이 아니었다. 할머니가 매일 밤 부엌의 원목 바닥을 걸레로 닦는 동안 어머니는 공장 도시에 있는 고등학교에서 배우던 라틴어를 공부했다. 밤이 더 깊어지면 두 사람은 호롱불 아래서 뜨개질을 하고 양말을 기웠다. 어머니는 언제나 쓸모 있는 일을 했고 손끝도 야무졌다. 하지만 힘줄을 한껏 펴거나 근육을 강화시킬 만한 동작은 하신 일이 없다.

집에서 사망한 모든 물건은 2층 뒷방으로 옮겨진다. 흔들 받침이 망가진 초록색 흔들의자, 오래전에 죽은 긴 바지 속옷, 전기가 들어와서 은퇴한 호롱불들. 여기서 나는 바닥 두께가 5센티미터가량 되는 나무 스키를 발견했다. 건초 더미만큼 무거웠는데 어머니가 이걸 타고 산등성이를 내려왔었다는 얘기를 들었다. 스키 리프트 역할을 한 것은 말이었다. 말이 끄는 줄을 손에 잡고 걸어 올라갔던 것이다. 중년이 되어 농가로 이사 갔을 때 난 크로스컨트리 스키를 해보기로 했다. 스키를 사서 축사 옆의 평평한 들에서 타보았다. 나는 일어서면 넘어지고, 일어서면 넘어지고, 일어서면 넘어졌다. 스키는 뒷방으로 은퇴했다. 눈신을 신고는 스키만큼 넘어지지는 않았지만 일어서기가 더 힘들었다. 스케이트는 시도해보지 않았다.

아버지는 1월에 연못에서 스케이트를 탔으며 야구의 유격수였고 심지어 학교 때 단거리 달리기 선수였다고 했다. 햄든에 살 때 아버지와 나는 그린웨이 로드에서 캐치볼을 했다. 나는 야구공을 아버지 머리 위로 날려버렸다. 아버지는 공을 가지러 인도 위를 뛰어가셨다. 문자 그대로 '뛰셨다'. 아버지와 나는 지하실에서 탁구도 쳤다. 아버지가 몸을 떨기 시작할 때에야 비로소 나는 세 게임 중 두 번을 이길 수 있었다. 매주 토요일 아침에는 늘 함께 다니는 네 분이서 골프를 쳤다. 아버지는 어려서 용돈을 벌려고 캐디를 한 적이 있는데 그때 골프에 대한 열정이 생겼다고 한다. 어른이 된 후에는 뉴헤이븐 컨트리클럽의 회원이 됐고 캐디들을 고용하는 입장이 됐다. 부모님이 결혼하셨을 때 아버지가 어머니에게 골프를 가르쳐주려고 했다. 어머니는 작고 흰 공을 긴 나무 막대로 치는 걸 매우 어려워했다. 한번은 아버지가 몇 미터 앞서 걸어가는데 엄마의 골프공이 아빠를 지나 잔디 위를 날아갔다. 아버지는 너무나 기뻐하며 돌아서서 엄마의 타구를 축하했다. 어머니는 그 공이 손으로 던진 것이었음을 그 자리에서 아버지에게 말하지 않았다.

난 골프에 관심이 없었다. 가끔 가족끼리 드라이브를 갈 때 골프 연습장에 들렀다. 어머니는 벤치에 앉아 있고 아버지가 낡은 골프공 두 통을 들고 왔다. 우리는 고무 티 앞에 서서 채를 휘둘렀다. 나는 주로 헛스윙이었다. 아니면 공을 살짝 건드려 7센티미터가량 밀려나게 만들었다. 하지만 가끔은 제대로 맞아서 공이 멋있게 떠올라 34미터가량 떨어진 곳까지 날아갔다. 그 지점에서 183미터가량 더 떨어진 곳에 과녁이 있었다.

난 모든 운동에 젬병이었다. 스프링글렌그래머스쿨에 다니던 시절, 체육 선생님이 화요일마다 농구공 두 개를 갖고 왔다. 우리를 두 개의 원 안에 들어가게 했는데, 한 곳에는 농구공으로 패스를 해본 사람들, 다른 곳에는 경험이 없는 사람들이 들어가게 했다. 나는 어느 토요일 YMCA에서 농구공을 잡아본 경험이 있어서 유경험자를 위한 원 안에 들어갔다. 한 번인가 두 번 뛰었을 때 선생님이 나를 초보자 원 안으로 옮겨주었다.

내가 햄든고등학교로 진학했을 때는 전쟁이 발발한 후였다. 모든 학생은 졸업 후 곧 징집될 것으로 예상됐기 때문에 체육 시간에 한층 강화된 체력 훈련을 받았다. 권투도 했는데 내 상대는 마르고 말수가 적은 녀석이었다. 우리의 주먹은 상대를 맞히지 못하고 체육관의 땀내 나는 공기만 갈랐다. 봄에는 400미터 달리기를 해야 했다. 난 대부분 걸었는데도 숨이 찼다.

그래서 10학년을 마치고 엑서터고등학교로 전학갔을 때, 크로스컨트리 달리기를 시작했던 것 같다. 사전에 지구력을 키우기 위해 트랙을 몇 바퀴 돌았을 때 여든 살의 코치가 (전쟁 탓에 이미 은퇴한 교원들이 부활해서 학교에서 일하게 됐다) 중얼거렸다. "굼벵이."

나는 창피했다. 뛰는 자세를 고쳐보려고 노력했다. 하지만 들판을 가로질러 실제로 뛰게 됐을 때 고통이 이쪽 갈비뼈에서 저쪽 갈비뼈로 계속 옮겨 다녔다. 나는 발목을 접질린 척했다.

여름엔 농장에서 할아버지를 도와 건초를 수확했다. 난 소젖도 잘 못 짜고, 암탉 밑에서 달걀을 빼내는 것도 두려워했지만 건초를 수확하는 것은 좋아했다. 늙은 말이 천천히 마차를 끌고 할아버지와 나는 앞자리에 앉은 채 목초지로 향하는 것을 정말 좋아했다. 그보다 더 좋아했던 건 느릿느릿 축사로 돌아오는 길이었다. 할아버지는 애정과 유머를 담아 이런저런 얘기를 해주셨다. 어떨 땐 할아버지가 학교 다닐 때 외웠던 근사하고, 끔찍한 시들을 암송하셨다. 시렁에 건초를 담는 작업은 앉아서 얘기를 듣는 것보다 근육을 더 많이 써야 했지만 나는 힘든 걸 참았다. 할아버지는 일흔에 가까워지고 그 나이를 넘기도록 건초 더미에 갈고리를 찍어서 머리 위로 치켜들어 건초 시렁에 던졌다. 그러면 내가 잡아당겨 자리를 잡아주고 발로 밟아 다졌다. 그렇게 하면 서로 포개진 건초들이 집에 가는 도중에 미끄러져 내리지 않았다. 축사 안의 공기는 참을 수 없을 정도로 덥고 쭉정이 먼지가 심했다. 할아버지는 혼자서 그 건초들을 다락으로 끄집어 올렸다. 건초는 겨울에 소들이 축사로 들어오면 먹을 것이었다. 그동안 나는 거실에서 시원하게 쉬었다.

나는 열여섯 살부터 건초 수확을 하지 않았다. 코네티컷주에 사는 여자친구가 생긴 탓이었다. 10대들이 가는 주점에서 럼과 콜라를 시키려면 돈을 벌어야 했다. 나는 앉아서 할 수 있는 여름 아르바이트 자리를 구했다.

내게 운동 방면에서 영광을 안게 해준 건 탁구를 치면서 습득한 손목 기술이었다. 사립고등학교에서 나는 스쿼시를 배웠다. 탁구로 단련된 손목으로 공을 후려칠 수 있었다. 뛰어다녀야 할 공간은 넓었지만 라켓은 길었고 점수를 따면 잠깐씩 쉬면서 호흡할 시간을 벌었다. 대학에 진학했을 때 신입생 스쿼시팀을 뽑는 데 지원했다. 지원자들이 한 사람 한 사람 떨어져 나갔다. 젊은 코치는 가끔 격려의 말을 해가면서 학생들을 돌려보냈다. 드디어 내 인생 처음이자 마지막으로 운동 방면에서 승리의 순간이 다가왔다.

나는 하버드대학의 신입생 스쿼시팀의 선수 선발 과정에서 맨 마지막까지 남았다가 탈락한 학생이었다.

앤아버에서 가르칠 때, 지하실에서 하는 탁구 경기에서 진적이 없었다. 객기에 취해 앤아버 탁구협회가 신문에 낸 광고를 보고 전화를 걸어 가입했다. 전화 목소리가 내게 물었다. "초보 아니면 중간?" 내가 겸손을 떠느라 한참 망설이자 상대는 나를 초보로 규정했다. 우리는 인근의 농구 코트에서 시합을 했다. 테이블에서 약 6미터까지 뒤로 물러나 스매시를 받아칠 공간이 있었다. 난 초보가 맞았다.

나는 언제나 야구의 '광팬'이었다. 실제로 경기를 할 수는 없었다. 아무리 노력해도 허사였다. 나는 스물여섯 살 때 달랑 학사학위만 가지고 미시간대학 조교수로 부임했다. 그때 《미시간데일리》에 기사가 실렸다. 토요일 오후 2시에 영어과 소프트볼팀이 물리과와 경기를 하는데, 관심 있는 학생들과 교수들이 참여하길 바란다는 내용이었다. 나는 교내 경기장에 대학원 학생들과 함께 서 있게 되었다. 나는 왼쪽 필드 외야수와 9번 타자를 맡게 되었다. 학자가 되기 위해 공부하고 있는 자들이 나를 아무리 의심했든 말든 그렇게 됐다. 2회전이 되어 내가 스트라이크 아웃을 당하기도 전에 플라이볼이 외야에 있는 나를 향해 날아왔다. 나는 공을 계속 주시하며 그 아래에 서서 글러브로 자세를 취했다. 공은 내 머리통에 정통으로 맞았다. 팀원들이 나를 둘러쌌다. 이윽고 나는 비틀거리며 일어섰고 큰 체구의 중세 전공 교수가 교체선수로 나왔다. 내가 벤치에 주저앉자 어떤 여자가 간호사라면서 옆으로 왔다. 나중에 속이 메스껍거나 물체가 두 개로 보이면 얼른 응급실로 가라고 일러줬다.

　야구는 관전이 답이다. 4월부터 10월이 될 때까지 매일 밤 나는 보스턴 레드삭스의 경기를 관전한다. (좀 더 어두운 계절에는 다른 스포츠를 챙겨 본다.) 나는 뭘 쓰지도 않고 그냥 아무 일도 하지 않는다. 저녁 식사 후에는 전형적인 미국인 남성이 된다. 하지만 내 생각에 뭔가 한 가지는 하는 것 같다. 내가 외람되게 비교하는 걸 너그럽게 봐주길 바란다. 예이츠는 매일 밤 잠들기 전에 서부극 소설을 읽었다. T. S. 엘리엇은 시 쓰기와 교정을 다 마쳤을 땐 추리소설을 읽었다. 하루 종일 집중해서 일하는 사람들은 저녁때가 되면 머리를 식히는 단순한 활동을 해줘야 한다. 때로는 그것이 제인 그레이Zane Grey일 수도, 애거사 크리스티일 수도, 보스턴 레드삭스일 수도 있다.

　70대 중반이 넘어가면서 다리의 힘이 빠졌다. 고르지 않은 바닥 위를 걷기가 위태로운 상황이었다. 살아남으려면 뭔가 해야 했다. 나는 실내 헬스 자전거를 구입해 텔레비전 앞에 설치했다. 테이프에 담긴 켄 번스Ken Burns의 〈남북전쟁The Civil War〉을 보면서 하루에 7분씩은 페달을 밟았다. 결국에는 자전거에서 내려오다가 넘어지는 바람에 자전거가 내 위로 쓰러졌다. 치아 한 개가 빠져버렸다.

자전거를 남에게 줘버리고 이번에는 러닝머신을 샀다. 부피가 너무 커서 텔레비전이 있는 방에는 둘 수가 없었다. 침실에서 NPR(전미 공공 라디오 방송국_옮긴이) 방송을 들으며 시속 3.2킬로미터로 걸었다. 매일 오후 4분, 어떨 땐 5분씩 걷고 나면 축 늘어져서 끝없는 지루함에 빠져들었다. 방송도 소용이 없었다. 주치의가 콜비소여Colby-Sawyer대학 안에 있는 호건 피트니스센터에 대해 알려주었다. 집에서 15분밖에 걸리지 않는 곳이다. 거기서 팸을 만났다. 나는 일주일에 두 번씩 차를 밖에 세우고, 계단을 피해 엘리베이터를 타고, 팸이 있는 헬스장으로 갔다. 각종 바벨과 운동기구가 즐비한 곳이었다. 일주일에 두 번씩 우리는 나무가 깔린 트랙을 함께 돌았다. 15분 동안 유산소운동을 하면서 우리는 대화를 나눴다. 그다음 15분은 피트니스와 균형잡기 연습을 했다. 균형 감각은 큰 문제였다. 팸은 내게 넘어졌을 때 어떻게 일어나야 하는지를 알려주었다.

여든 살이 되던 해엔 자동차 사고를 크게 냈다. 이번이 두 번째였다. 주 경찰관에게 면허증을 반납했다. 집에 돌아와 숨을 돌리고는 팸에게 전화를 했다. 흐느끼면서 이제 그녀를 볼 수 없게 됐다고 말했다. 다른 사람이 나 대신 장을 보고, 병원에 데려가는 것은 가능하지만 누가 일주일에 두 번씩 나를 헬스장에 데리고 가서 30분을 기다렸다가 다시 데리고 올 것인가? 팸이 나를 안심시켰다. 자신이 내게 오면 된다고 했다. 이런 연유로 팸은 일주일에 두 차례 오후 3시 30분에 우리 집에 온다. 웨이트트레이닝 기구와 벨트, 내가 균형을 '잃는' 연습을 할 수 있는 굴곡진 플라스틱 발판을 가져온다. 나는 러닝머신 위에서 15분간 달리는 위업을 달성했다. 모래가 가득 찬 말 목사리를 목에 걸고 침대에서 일어서는 훈련을 한다. 휠체어를 되도록 멀리하게 하려는 훈련이다. 팸과 함께라면 지루함을 느끼지 않으면서 운동을 지속할 수 있다. 난 그녀를 무척 좋아해서 계속 말을 건다.

지난 60여 년 동안 나는 시집과 산문집을 가리지 않고 모든 책에 자전적인 얘기들을 써왔다. 하지만 팸은 자전적인 글들을 읽지 않는다. 그래서 나는 안심하고 모든 얘기를 다시 해줄 수 있다. 가끔은 주제를 정해서 얘기해준다(내가 알았던 유명한 작가들, 나의 운동선수로서의 이력). 그러나 대부분의 경우 나는 옛날 일에서 얘기를 풀어나간다. 부모님에 관한 얘기부터 베이츠대학을 다닐 때 두 분이 만난 것, 나의 출생, 유아 시절 그리고 버터를 먹은 얘기, 어린 시절과 그래머스쿨 얘기……. 우리가 체력 단련을 마치고 나면 팸은 그날 내가 이룩한 불건강Mal-fitness의 정도에 대해서 메모를 한다. 그리고 내 얘기가 어디서 끊어졌는지도 적어둔다.

그녀가 이탈리아에서 돌아오면 우리는 아직도 1952년의 옥스퍼드 이야기에 머물고 있을 것이다. 그리고 나는 그녀에게 매우 추웠던 1월에 크라이스트처치대학의 내 책상에 앉아 타이프를 치던 얘기를 해줄 것이다. 그녀의 메모 맨 위에는 "그가 장갑의 손가락 끝을 잘라냈다"라고 적혀 있다.

《보스턴글로브》의 칼럼에 자기가 여태껏 해온 일을 아직도 계속하고 있는 시체에 가까운 사람들에 관한 얘기가 실렸다. 그 칼럼은 나를 믹 재거Mick Jagger와 비교했다. 세상에, 이런 영광이. 칼럼니스트는 다른 이름들도 거론했다. 1943년생 키스 리처즈Keith Richards, 1931년생 앨리스 먼로Alice Munro, 그리고 윌리엄 트레버William Trevor처럼 나와 같은 해(1928년)에 태어난 사람들 말이다. 재거는 겨우 일흔 살, 우리 같은 여든다섯 살과 비교하면 청소년 수준이다. 하지만 그가 점프를 하고 몸을 돌릴 때의 얼굴을 보면 어느 늪에서 건져낸 물체가 연상된다.

어떤 명예는 영광스럽다. 어떤 불명예는 불명예스럽다. 어떤 명예는 다소간 불명예다. 은총과 망신. 직업적인 문제와 사적인 문제. 재앙과 생존.

그것은 순전히 잘난 척이다. 난 일찍부터 명예를 추구했다. 내가 소싯적에 아주 인기 높은 라디오 쇼가 있었다. 〈퀴즈키즈〉라는 프로그램이었는데 (여덟 살에서 열두 살?) 어린 천재들이 마이크를 달고 탁자에 둘러앉아 진행자가 던지는 어려운 질문에 답하는 형식이었다. "지중해에 면한 국가들과 식민지를 열거해보세요." 이것도 사기였는지도 모르겠다. 나중에 텔레비전 퀴즈 쇼들이 그랬던 것처럼 말이다. 제작진은 《퀴즈키즈매거진》이라는 월간지를 출판했다. 거기에는 참여한 소년·소녀들이 자신의 취미에 관해 써 보낸 편지를 활자화하는 칼럼이 있었다. 나는 열두 살이었고 시를 쓰는 취미에 관한 글을 보냈다. 그리고 1달러를 받았다. 수표를 받은 건 정말 신나는 일이었다(당시 내 일주일 용돈이 50센트였다). 하지만 내 글이 출판되는 명예는 무엇에도 비길 수가 없었다. 취미가 평생의 직업이 된 순간이었다.

하룻밤을 감옥에서 지새운다는 것은 개인적으로 불명예스러운 일이다. 음주 운전 같은 저속한 죄목일 땐 특히 그렇다. 아내와 이혼한 지 1년 된 어느 날 아침 미시간에 있을 때였다. 여자친구가 전화를 걸어 우리가 뉴욕에 놀러 가기로 한 걸 취소해야겠다고 했다. 그녀는 밤새 한숨도 못 잤다고 했다. 자기 남자친구가 우리 사이를 눈치챌까 봐 너무 겁이 난다는 것이다. 내가 익살스러운 간청을 해도, 필사적으로 애원해봐도 아무 소용이 없었다. 결국엔 내가 못되게 나오자 그녀는 엄청 화를 내며 전화를 끊어버렸다.

난 다이어트용 서방정 캡슐(식욕을 억제하는 각성제 성분이 들어 있다_옮긴이)을 아침 8시에 삼켰다. 그걸로 난 하루 종일 쌩쌩하고 빠릿빠릿할 것이었다. 그리고 시골에 있는 술집을 향해 차를 몰았다. 술집은 외딴곳에 있었고 지저분했으며 일찍 문을 열었다. 맥주를 커다란 피처로 시켜서 세 잔을 다 마시고 나서야 앤아버로 돌아왔다. 여기서도 비틀거리며 술집들을 찾아다녔다. 위가 몇 리터의 하이네켄과 암스텔로 터질 듯했다. 자정쯤에 햄버거를 하나 먹었던 것 같다. 그러고는 이제 집으로 가야겠다고 생각했다. 나는 비틀거리면서 조심조심 차로 돌아갔다. 차 문을 열었을 때 순찰차가 옆에 멈췄다. "여보게, 운전하지 마시게." 나는 순식간에 경찰관의 우호적인 충고를 알아들었다. "아유 고마워요, 경찰관님. 정말 큰 덕을 입었습니다. 감사합니다."

나는 집을 향해 걷기 시작했다. 겨우 1.6킬로미터 거리였다. 아침에 일찍 일어나 내 플라이머스 차를 찾아와야지. 그때 머릿속에 섬광 같은 직감이 강림하며 이성을 마비시켰다. 열여섯 시간 동안 맥주를 계속 마신 사람들이 공통적으로 경험하는 내용이었다. "밤공기가 내 머리를 식혀줬어! 당연히 이제 운전을 해도 되지!" 나는 차의 오른편 바퀴를 도랑에 빠뜨린 채로 시속 8킬로미터로 기어갔다. 아까의 경찰관이 나를 체포했다.

그 밤을 감옥에서 보내고 3개월 면허정지를 받았다. 그래도 한 가지는 새로 배웠다. 술주정뱅이들을 집어넣는 감방에는 얇은 강철로 매트리스를 대신한 침대가 있었다. 그날은 금요일 밤이었고 침대는 만원이었다. 나는 콘크리트 바닥에 다른 사람들 사이에 대자로 누워서 5분간 선잠을 자다가 뼈가 쑤셔서 깨는 일을 반복했다. 밤중에 어떤 착한 사람이 내 어깨를 두드려 자기가 자던 침상을 내주었다. 새로이 발견한 사실이 있다. 얇은 강철 매트리스는 콘크리트에 비하면 순모처럼 보드라웠다.

시집의 뒤표지나 단편소설에 실린 저자 소개를 읽거나 혹은 작가가 낭송하기 전에 소개를 들어보면, 수상 이력이 끝없이 이어진다. 첫 번째로 받은 도서상, 두 번째 도서상, 상을 많이 받은 작가의 이름을 딴 상('도널드 홀 상'도 존재한다), 메달과 장학금과 초빙교수 이력까지 듣게 된다. 심지어는 받지 못한 상의 최종 후보에 올랐던 사실까지도 언급된다.

내가 최고로 치는 건 '퓰리처상 후보로 지명됐던' 이력이다. 매년 외부 시인 세 명으로 이루어진 패널이 수천 명의 후보 중에서 세 명을 선정하고 그들의 이름을 퓰리처 쪽 사람들에게 보낸다. 내가 그 패널의 한 자리를 맡았던 당시 우리 집 책장은 내용이 끔찍한데도 지명받은 책들로 가득 찼었다. 왜냐하면 누구라도 아무나 퓰리처상 후보로 지명할 수 있기 때문이다. 미시간에 살던 시절 나는 젊은 시인 둘을 알았는데, 서로 비슷하게 재능이 없는 동료였다. 이들은 서로의 시집을 출판해줬고 규칙적으로 서로를 퓰리처상 후보로 지명했다. 그들의 책 표지에는 '퓰리처상 후보 지명 저자'라고 명시돼 있다.

정말 바보처럼, 나도 처음에는 명예박사학위를 받는 걸 자랑스러워했었다. 분에 넘치는 박사학위를 받는 사람 대부분은 기부자들이다. 하지만 학문 기관들은 소수의 문화·정치적 인물에게도 박사학위를 수여함으로써 그들의 기금 조성 행위를 미화시키려 한다.

나는 뜨거운 태양 아래서 모자와 가운을 입고 땀을 흘렸었다. 졸업생들의 이름이 과장된 어투로 호명되는 것을 들으면서 말이다. 정부 유명인사들 옆에 앉아 정치 얘기를 하면서 과거 학생이었던 사람들이 무대 위를 가로질러 악수를 하고 졸업장을 받아 쥐는 걸 보았다. 여학생클럽의 퀸이나 럭비팀 주장이 호명되면 환호가 터져 나왔다. 중년의 명예박사학위 수상자들은 손뼉을 치면서 탈수 상태가 됐다. 하지만 나는 관직에 출마할 것도 아니어서 박사학위를 받는 일에 싫증이 났다. 명예로 인해 불명예스러워졌다. 내 집 2층에는 가운이 줄지어 걸려 있고 그 위에는 그와 짝을 이루는 모자들이 죽 놓여 있다. 그 옆 탁자에는 먼지 쌓인 학위증서들이 있다. 제프리 힐^{Geoffrey Hill} 시인은 나를 "박사. 박사. 박사. 박사. 박사. 박사. 박사. 박사. 박사. 박사"라고 부른 적이 있다(10개의 명예박사학위를 받았다는 말이다_옮긴이).

내가 명예롭다고 주장하는 일이 있다. 1975년 종신교수직과 의료비용 지원 그리고 연금을 포기한 것이다. 그 대신 40년이라는 행복한 시간을 갖게 해줄 프리랜서 글쓰기를 택했다. 아동용 도서 한 권은 콜더컷상을 받았다. 나의 다른 모든 글이 더 이상 쓸모가 없게 되더라도 이 책은 계속 출판될 것이다. 나는 시를 쓰면서 그 대가로 돈을 바라지는 않았다. 주택 대출금과 식비는 야구와 뉴햄프셔에 관한 글을 잡지에 기고하는 것으로 충당했다. 요즘 같으면 그렇게 할 수 없었을 것 같다. 이들 잡지 중 유일하게 괜찮은 원고료를 주는 곳은 《뉴요커》 하나뿐이다. 《에스콰이어》와 《월간애틀랜틱》 그리고 《하퍼스》는 《고디스레이디스북》처럼 몰락하기 시작했다. 그렇지, 《플레이보이》는 살아 있다. 좋은 점은 상당한 원고료를 준다는 것, 나쁜 점은 아무도 그걸 읽지 않는다는 것이다.

계속해서 추락한다는 것은 일종의 불리함이지 불명예는 아니다. 제인이 살아 있던 어느 날 나는 거스를 데리고 산책을 나갔다. 개 줄이 나를 감는 바람에 나는 집 진입로의 자갈길 위에 얼굴을 정면으로 찧었다. 개를 집 안에 넣어놓고 뺨에 수건을 감은 뒤 제인에게 메모를 남겼다. (제인은 친구와 밖에서 점심을 먹고 있었다.) 그러고는 피에 젖은 수건을 얼굴에 두른 채 운전해서 응급실로 갔다.

유스카이티스 박사가 자갈 조각 147개를 내 얼굴에서 제거하고는, "아이고, 팔이야"라고 했다. 그는 파편 하나하나를 멸균 소독된 집게로 들어냈다. 제인이 죽은 지 10년 뒤 나는 교회의 저녁 식사 시 낭송회에서 린다를 만났다. 나는 바로 전날에 등받이 없는 의자에 걸려 넘어져 갈비뼈가 부러지고 눈 주위가 시퍼렇게 된 상태였다. 또 한번은 린다와 운전해서 식당에 가려고 차로 뛰어가다가 오른발이 벽돌에 걸려 넘어졌다. "난 괜찮아요." 내가 말했다. "아프지 않아요. 피에로스로 갑시다." 하지만 내 얼굴 위로 피가 쏟아지는 바람에 응급실로 달려가야 했다. 린다는 너무나 놀랐다. 나는 피에로스의 루가니가 소시지를 못 먹어서 서운했지만 대신에 공짜로 머리를 깎이고 꿰맨 자국을 얻었다. 한번은 공항에서 짐이 나오기를 기다리면서 벤치에 조심스럽게 앉았는데 엉덩이 아래에 벤치가 없었다. 맨해튼에서는 내 딸과 딸의 가족과 함께 극장에서 막 나오는 길이었다. 〈라이온 킹〉으로부터 도망쳐 나오던 나는 허둥지둥 걷다가 어떤 여자 뒤로 넘어졌다. 여자는 하필이면 여행 가방을 땅에 끌고 있었다. 사람들이 모여들었다. 어떤 여자가 외쳤다. "이 사람에게 펩시 좀 가져다주세요!" 이상한 말이라고 생각했는데 알고 보니 내 얼굴이 마구 부어오르고 있었다. 이 모든 낙상은 내가 장애를 지닌 몸이 되기 전에 일어났던 일들이다.

어떤 명예는 다른 것들보다 더 조명을 받는다. 내가 백악관에 가서 대통령이 걸어주는 메달을 받았을 때 동네 신문이 1면에 기사를 냈다. 다른 사람들은 아무도 신경을 쓰지 않았다. 그러나 내가 미국 계관시인에 선정됐다는 발표가 났을 때는 달랐다. 일주일 후에 뉴햄프셔주 공공 라디오와 인터뷰를 했다. 나를 인터뷰한 사람이 계관시인에 선정된 소감을 물었다. 내가 대답했다. "충격이 너무 큽니다. 힘들지요." 나는 쏟아지는 편지들, 전화벨 그리고 인터뷰로 몸살을 앓았다. 세 개의 텔레비전 방송국이 내 농장에 진을 치고 있었다. (PBS만이 배려를 해주는 편이었고 영리했다.) 라디오 방송국들도 내 앞에 마이크를 들이댔다. 《보스턴글로브》, 《로스앤젤레스타임스》, 《워싱턴포스트》 그리고 《콩코드모니터》에서 나를 찾아왔다. 대다수 저널리스트들이 사진가를 대동했다. 《스포츠일러스트레이티드》는 내가 할아버지의 방망이를 어깨 위에 걸치고 있는 사진을 찍었다. 《뉴욕타임스》는 내 임용에 관해 지면 아래쪽에 공지했다가 나중에 관련 칼럼을 게재했다. 《월스트리트저널》은 기사 두 건을 실었다. 하나는 뉴스, 또 하나는 화려한 에세이였다. 내가 계관시인에 선정됐다는 뉴스는 심지어 바다도 건너갔다. '제이씨J.C.'는, 영국 《타임스》의 문학 부록면 뒤쪽에 칼럼을 쓰고 있었는데 내 임용을 환영했고 예전에 그 지면에 실렸던 내 시를 인용했다. 난 그 시를 기억하지 못했다.

수 주에 걸쳐 지나친 관심을 받은 후 나와 린다는 고요함을 찾아 브라질의 이파네마로 도망치듯 떠났다. 우리가 뉴햄프셔로 돌아왔을 때 한 식당에서 (벌집 같은 머리 모양을 한) 모르는 사람이 나를 위해 나폴레옹 코냑을 주문해주었다. 그 이후로 난 쓸모없는 계관시인이었다.

여든 살이 된 사람이라면 누구나 그렇듯이 내가 안전하게 운전한다고 생각했었다. 캔들이 신문에서 노인 운전자를 위한 재교육 코스에 관한 광고를 잘라서 보여주었지만 난 너무 바빴다. (아마도 캔들은 이미 뭔가 느끼고 있었을지도?)

5월에 소시지를 사러 뉴런던으로 운전해 갔다. 집으로 돌아오는 길에 나는 담배를 피우고 있었다. 담배를 차 바닥에 떨어뜨리는 바람에 그걸 주우려고 팔을 뻗쳤다. 손끝이 담배에 닿지 않았다. 그래서 잠깐 아래를 내려다봤다. 그다음에 기억나는 건 내 안전벨트가 팽팽해지던 것과 느린 속도의 정면충돌이 내는 쿵 하는 소리다. 내가 들이받은 차의 엔진이 길바닥에 떨어졌다. 희생자들이 있는지 둘러보았다. 구급차가 사이렌을 울리며 다가왔다. 팔다리가 잘려나가고 사망한 사고 희생자들을 수습하기 위해서일 터다. 천만다행으로 그런 일은 없었다. 그 차에 탔던 커플이 다치지 않은 채로 비틀거리며 차에서 내렸다. 난 사과를 하려고 다가갔다. "미안합니다. 제 잘못이에요." 남자가 믿을 수 없다는 듯 물었다. "당신 도널드 홀 아니오? 늘 당신을 만나고 싶었어요." 내가 대답했다. "이렇게 당신과 조우하게(들이받게) 돼서 미안합니다('bump into'란 표현으로 '들이받다'와 '우연히 마주치다'라는 두 가지 의미를 한꺼번에 표현했다_옮긴이)." 그는 내 농담을 듣고 웃지 않았다.

친구들이 나타났고 나를 집으로 데려다주었다. 차는 팬케이크 로드에 있는 정비 공장으로 견인되어 갔고 제프 산본이 다시 고쳐놓았다. 몇 주가 지난 뒤 윌못의 경찰관이 집에 찾아와 딱지를 전달했다.

같은 해 8월 난 또 한 번 일을 저질렀다. 더 이상 운전 중에 담배를 피우지 않는데도 말이다. 이번에는 내가 범죄에 가깝게 조급했다. 아침 6시인가 6시 30분쯤 아침으로 먹을 샌드위치와 신문을 사려고 집을 나섰다. 편의점으로 운전해 가는 도중 비가 많이 왔다. 천둥과 번개를 동반한 소나기였다. 차 밖으로 나오자 비가 더 세게 내렸고 나는 내 혼다 차를 향해 뛰어갔다. 뇌우가 더욱 격렬해지는 가운데 나는 충동적으로 11번 도로로 들어섰다. 포장도로를 볼 수가 없었다. 난 천천히 운전하고 있었다. (술도 마시지 않았고, 담배를 줍고 있지도 않았다.) 난 오른쪽에 있을 담이 나오기를 기다렸다. 어쩌면 차가 담에 쓸려 멈출지도 모르겠단 생각을 하고 있었다. 그때 저속 주행 충돌 사고 때 나는 쿵 소리를 들었다. 이제는 그 소리가 익숙했다. 빗줄기가 잦아들고 해가 나왔다.

저 앞에서 내 혼다와 짝짓기를 하고 있는 소형차를 바라보았다. 내가 잘못해서 도로의 왼쪽으로 들어섰던 것이었다.

또 다른 차가 내가 들이받은 차의 뒤를 받았다. 얼마나 많은 사람이 휴대전화로 911을 찾았을까? 구급차가 도착했고 순찰차들, 소방차들이 왔다. 처음엔 내 차 문을 열 수가 없었다. 곧 누가 쇠지렛대를 가져왔다. 이번에도 아무도 죽은 사람은 없었다. 이성적이고 우울한 생각이 내 안에 자리 잡았다. 이제 다시는 운전을 못 하게 됐다. 주 경찰이 나에게 손을 내밀었다. 그에게 면허증을 넘겼다.

어릴 때 살던 고향 마을에서 내 마지막 시집 출간을 축하하는 큰 파티가 있었다. 여든세 번째 생일을 조금 앞둔 때였다. 여름방학을 농장에서 보낸 것 말고는 난 코네티컷주의 교외에서 자랐다. 어머니께서 아흔 살까지 살았던 바로 그 집에서 말이다. 어머니가 더 이상 운전을 못 하게 되면서는 매달 제인과 내가 차를 몰고 어머니를 뵈러 갔다. 어머니가 돌아가시고 나서 이제 햄든에 갈 일이 없다고 생각했다. 그곳에는 아는 사람도 없었다. 그래서 그곳에서 나를 위한 축하파티에 초대해주었을 때 놀랐었다. 주최 측은 햄든시 도서관이었다. 400명이나 참석해서 너무나도 기뻤다. 사람들이 나를 소개하고 나와 관련한 일화들을 얘기한 다음 코네티컷

시 모임의 낭송이 있었다. 파티는 한참 동안 계속됐다. 그리고 내가 시 몇 편을 낭송했고 질문을 몇 개 받았다. 그 후엔 50여 명의 사람이 나를 둘러쌌다. "우리 어머니가 당신에게 불어를 가르치셨어요!" "우리 할아버지께서 당신 할아버지 밑에서 일하셨어요!" "당신 아버지께서 직접 내게 이 책을 주셨어요!" 그리고 누군가 "나를 기억하세요?"라고 물었다. 난 내 고등학교 졸업 무도회의 파트너를 알아보지 못했다.

내 생일날, 다시 뉴햄프셔주에서 아이들, 손주들과 저녁을 먹으려고 식당의 긴 테이블에 둘러앉았다. 난 햄든 사건으로 너무 흥분해서 테이블의 왼쪽에 이야기를 다 해주고 오른쪽으로 돌아 똑같이 되풀이했다. "왜 그런지 모르겠지만" 내가 말했다. "이번 일은 백악관 행사만큼 나를 행복하게 해주었어." 나의 아름답고 현명한 손녀 앨리슨이 말했다. "아마도 그 자리에는 (중요 인물이) 할아버지 혼자셨기 때문일 거예요."

내가 담배 때문에 실수한 경우는 1만 번쯤 될 거다. 첫 번째 자동차 사고를 유발한, 차 안에 떨어진 담배를 포함해서 말이다. 그래서 이미 오래전에 침대에서 담배를 피우는 즐거움은 단념했다. 창가의 폭신한 파란 의자에 앉아 책을 읽으며 피워댔던 담배의 수가 가장 많을 거다. 겨울에 앉아 창밖으로 새들을 지켜보던 바로 그 의자 말이다. 한번은 캔들이

와 있을 때 내 의자와 낮은 서가 사이의 카펫, 그리고 몇 권의 책 표지가 탄 것을 발견했다.

내가 담배를 어디에 떨어뜨렸는데 찾지 못했다고 하자 캔들은 아연실색을 했다. 그녀는 애원을 했다(아니다, 명령했다). 내가 떨어뜨린 담배를 못 찾겠으면 자기한테 전화를 하라고 말이다. 난 한밤중에 그녀를 깨우고 싶지 않았지만 그녀의 강요에 마지못해 약속했다.

나는 보통 밤 10시 반에 잠자리에 든다. 한 시간 정도 자고 나면 신경이 곤두서면서 잠이 깬다. 잠시 일어나 잡지를 읽으며 담배를 피운다. 캔들과 약속한 지 얼마 지나지 않아 나는 푹신한 의자 안에 담배를 떨어뜨렸다. 찾을 수가 없었다. 난감했다. 그녀와 약속은 했지만 그때 시각이 자정이었다. 의자 쿠션을 들어냈다. 없다. 그다음엔 쿠션 줄 밑으로 손을 넣어 담배를 찾아냈다. 꽁초의 불꽃이 사그라질 때까지 빨아들이고는 다시 자러 갔다. 새벽 3시쯤까지 아주 잘 자다가 사이렌 소리에 잠을 깼다. 자명종 시계를 들여다봤다. 얘가 그랬나. 나는 침대 가에 앉아서, 아직 잠이 덜 깬 상태로 사이렌 소리에 진저리를 쳤다. 그러다 침실 문 안으로 연기가 들어오는 걸 볼 수 있을 만큼 잠이 깼다. 요란한 소음은 화재경보기가 내는 소리였다. 내 목에 걸고 있던 단추를 누를 생각이 났다. 사람의 목소리가 친절하게 물었다. "괜찮으세요?" "연기가 내 침실에 차고 있어요!" "거기서 꼼짝하지 마세요!" 잠시 후, 소방관들과 구급차를 부른 후에 아까의 목소리가 다시 물었다.

"움직이지 마세요. 현관문은 잠겨 있지 않나요?"

월못과 근처 도시에서 소방관들이 도착했고 스물네 시간 대기 구급차가 뉴런던에서 왔다. 단추에 연결된 사람들이 연락해줘서 캔들도 왔다. 현관문이 부서지고 구급대원들이 나를 들것에 실어 연기를 통과해 밖으로 데리고 나왔다. 난 불길을 보지 못했지만 내 파란 의자가 두꺼운 연기를 뿜어내고 있었다. 정신이 혼미한 가운데도 난 화재의 근원을 알 수 있었다. 내가 자정에 다시 찾아낸 담배는 연기가 날 만큼 불이 붙어 있었고 의자 안에 불타는 조각을 남겼던 것이다. 구급차 안에서 대원들이 내게 아무 이상이 없음을 확인해주었다. 그들은 내 혈압을 재고 또 쟀다. 혈압은 매번 조금씩 떨어졌다. 그 밤은 따뜻한 11월의 밤이었지만 하여튼 11월이었다. 캔들이 구급차 안으로 피난 왔다. 그녀의 요청으로 그들은 캔들의 혈압도 쟀다.

내 집 잔디 위에 파란 의자가 물에 흠뻑 젖은 채 외롭게 서 있었다. 소방관들이 2층과 아래층의 모든 창문을 열고 연기를 밖으로 내보냈다. 구급대원이 나를 안으로 데리고 들어갔을 때 연기 냄새는 조금도 나지 않았다. 나를 구해준 화재경보기는 내 친구 캐럴 콜번이 10년 전에 설치하자고 했던 것이다. 2주 전에 린다가 경보기를 점검했을 때는 무슨 곤충 같은 소리가 났었다. 거의 닳은 배터리를 새것으로 바꿨다. 여자들이 나를 또 살려줬다.

담배는 불명예일 뿐만 아니라 치명적이다. 단순히 폐암 때문이 아니다. 연기를 들이마셔서 내 생명이 위협받았나? 그랬던 것 같다. 아침이 오고 잔디 위의 안락의자가 또다시 두꺼운 연기를 뿜기 시작했다. 소방관들이 겉 불만 껐던 듯하다. 다시 막대한 연기를 배출하기 시작했다. 캔들이 와서 911을 불렀다. "응급상황은 아닙니다." 소방관들이 물과 거품을 가지고 왔다. 하지만 연기가 완전히 잦아들게 하려면 도끼로 의자를 조각조각 내어야 했다.

죽음

나는 분별이 있는 사람이기 때문에 언젠간 내가 죽으리라는 걸 안다. 나는 돌아가시지$^{Pass\ Away}$ 않을 것이다(이런 완곡어법이 아니라 죽는다^{Die}는 직설적인 표현을 선호한다는 뜻이다_옮긴이). 매일매일 수백만 명이 돌아가신다. 사망 기사, 부고, 위로 카드, 시체의 친지들에게 보내는 이메일에서 말이다. 하지만 사람들은 죽지는^{Die} 않는다. 사람들은 영면하기도, 세상을 버리기도, 모든 살점이 가는 길을 가기도, 떠나기도, 영을 포기하기도, 마지막 숨을 내쉬기도, 천국에서 그들이 사랑하는 사람들을 만나기도, 조물주를 만나기도, 더 좋은 곳으로 오르기도, 가족에 둘러싸인 채 숨을 놓기도, 주님께 돌아가기도, 집으로 가기도, 강을 건너기도, 혹은 이 세상을 떠나기도 한다.

어떤 번지르르한 어구를 사용한다 해도 죽음은 보편적으로 평화롭게(자다가) 혹은 용감하게 싸운 뒤에(암) 일어난다. 한 번씩 여자들은 남편을 잃는다(내가 그 사람을 어디에다 두었더라?). 어떤 표현들은 활자체로는 그리 흔히 쓰이지 않는다. 데이지를 밀어 올리다Push up Daisies('죽어서 땅에 묻히다'라는 뜻을 가진 영어 표현_옮긴이), 양동이를 발로 차다Kick the Bucket('스스로 목숨을 끊다', '죽다'를 속되게 이르는 영어 표현_옮긴이), 거꾸러지다Croak('죽다'라는 뜻을 가진 단어_옮긴이), 농장을 사다Buy the Farm('죽다'라는 뜻을 가진 영어 표현_옮긴이), 현금으로 바꾸다Cash in One's Chips('죽다'라는 뜻을 가진 영어 표현_옮긴이). 모든 완곡어법은 우리가 숨을 거칠게 몰아쉬고 숨이 막히면서 푸르게 변하는 것을 감추어준다.

화장은 사체를 감춘다. 재는 썩음을 배제한다. 네안데르탈인과 호모사피엔스는 죽은 사람을 땅 밑에 묻거나 봉분을 만들었다. 파라오들은 피라미드에 밀봉되었다. 로마인들은 각 세기에 따라 화장과 매장을 번갈아 했다. 흔히 힌두교도들은 갠지스 강가에서 사체들을 태웠다. 더 옛날에는 '사티'라고 해서 남편이 죽으면 살아 있는 아내를 장작더미 위에 함께 올렸다. 사체가 타다 남은 숯, 그리고 장작을 살 돈이 없는 가정의 죽은 아기들이 강물의 흐름을 방해했다.

배화교도와 티베트인들은 시체를 단 위에 높이 올려 독수리들이 뜯어 먹게 했다. 내가 최고로 치는 재에 얽힌 일화는 최근의 것이다. 내가 시 낭송을 마쳤을 때 나를 흠모하는 어느 인심 좋은 부인이 죽은 남편의 유해가 든 병을 선물하였다. 나는, 썩어서 분해되고 싶다. 내 아내 제인이 그걸 원했던 것처럼 말이다.

죽음에 대한 흥미를 잃어버린 것은 70대의 어느 지점부터였다. 부고 기사에서 사망자의 나이를 더 이상 체크하지 않게 됐다. 이전에는 만약에 내가 쉰한 살인데 죽은 사람이 쉰세 살이면 잠시 염려가 됐었다. 죽은 이가 쉰한 살이고 내가 쉰세 살이면 안심이 됐다. 사람이 아주 오래 살면 가족 중에 제일 연장자가 되는 순간이 온다. 밤이 밀려오는 시각 언덕 꼭대기에 혼자 걸터앉아 있는 것이다. 내 어머니는 아흔 살에 나를 유족으로 남기고 떠나셨다. 곧 내가 그 명예를 내 아들에게 넘길 것이다. 아들이 태어났을 때 나는 스물다섯이었다. 〈나의 아들, 내 사형 집행인My Son, My Executioner〉이라는 시를 썼었다. 10년 전에 나는 넘어져서 다치는 바람에 응급실에 갔었다. 큰 상처는 아니었다. 당직 의사가 내게 들러서 잠시 담소했다. 내가 혈압 수치에 관해 묻자 그는 걱정할 것 없다고 했다. "근데 얼마나 더 살고 싶으신 건데요?" 깊이 생각하지 않고 그냥 아무 숫자나 갖다 댔다. "어, 여든셋까지요." 여든넷이 되던 생일날 나는 조용히 안도했다.

여든이 넘어가면서 나의 하루는 좁아졌다. 그러는 게 당연하지만 말이다. 매일 같은 층에서만 생활하면서 냉동 식사류를 먹는다. 우편배달을 하는 루이스는 현관문을 열고 들어와 우편물을 의자 위에 떨어뜨리고 간다.

난 비교적 잘 돌아다닌다. 침실, 욕실, 부엌, 창 옆에 놓인 새로 산 의자, 야구 경기를 시청할 때 쓰는 눕히고 올리는 전동의자 사이로 말이다. 경련을 일으키면서 바퀴가 넷 달린 수레를 밀어서 한 곳에서 다른 위치로 움직인다. 목을 부러뜨리지 않도록 조심한다. 편지를 쓰고, 낮잠을 자고, 에세이를 쓴다.

내가 사랑하는 사람들은 내 죽음을 슬퍼할 것이다. 하지만 그들과 함께 애통해해줄 수가 없다. 내가 남기고 갈 감각이 없는 물건들을 생각하면 울적해진다.

유족들은 내 잡동사니들을 비닐봉지에 담아 쓰레기 매립장에 묻을 것이다.

'앤디 워홀들'은 걱정도 안 된다. 마음이 쓰이는 건 내 딸이 연못에서 건진 줄무늬가 있는 돌멩이, 아버지가 대학에서 쓰시던 탁자용 램프, 낙농업 시대 때 우리 가족이 쓰던 우유 배달 손수레 나무 모형이다. 어머니는 아흔에 가까워지면서 우리가 나중에 험멜 도자기들을 내다 버릴까 봐 전전긍긍했다. 어머니는 이것들을 평생 벽난로 위에 두고 즐겼다. 1940년대부터 1960년대 사이에 인기 있던 저속한 도자기 인형들이다. 그중 한 상자가 딸 집 다락에 보관돼 있다. 내게 더 소중한 것은 이 집이다. 증조할아버지가 1865년에 이사 오신 후 거의 150년 동안 우리 가족의 터전이었다.

뒷방에는 각 세대가 유기한 부서지고 쓸모없는 물건들이 있다. 그런 것들이 언제 다시 필요하게 될지 알 수 없었기 때문이다. 내 자식들이나 손주들은 외딴 시골에 와서 살기를 원하지 않는다. (그럴 이유가 없지 않나?) 그렇지만 집이 텅 빈다고 생각하면 우울하다. 차라리 다 타버리는 게 낫겠다.

오래된 집에 눌러살면서 어느 정도는 집이 낙후되게 방치했었다. 지붕을 고치고 정화조를 비우긴 했지만 만약 전등이 고장 나면 사용하지 않고 그냥 두었다. 다음에 들어와 살게 될 사람 마음에 들지 않을 수도 있기 때문이다. 오래된 벽지가 뜨면 그대로 두었다. 누군가는 총 길이 122미터에 달하는 책장들을 치울 것이다.

내가 매우 아끼는 땅도 있다. 제인과 내가 여기로 이사 왔을 때 우리는 증조할아버지의 문구류를 발견했다. 거기엔 '이글 연못 농장Eagle Pond Farm'이라고 새겨져 있었다. 우리는 그 이름을 빌려서 우리의 주소로 썼다.

지난 11월에 한 친구가 나를 태우고 이글 연못을 지나가 주었다. 연못은 내 창가에서 잘 안 보인다. 9만 7,124제곱미터에 달하는 거대한 수면이 서쪽으로 100미터도 채 떨어지지 않은 곳에 있지만 키 큰 나무들이 시야를 가린다. 내 소유의 땅에 연못의 둘레 반이 포함돼 있다. 에세이집 제목을 『이글 연못의 사계Seasons at Eagle Pond』와 『이글 연못에서Here at Eagle Pond』라고 이름을 붙이기도 했다. 그다음엔 『이글 연못 문집』을 만들었다. 그다음엔 『이글 연못에서의 크리스마스 Christmas at Eagle Pond』를 썼다.

예전에 제인과 나는 숨겨진 작은 호반에 머물곤 했다. 떡 갈나무와 자작나무 사이에 누워서 여름날 오후의 햇볕을 즐 겼다. 화로에 저녁거리를 익혔다. 우리는 밍크와 비버가 있 나 살폈고 도토리가 처음으로 떨어지는 걸 지켜봤다. 그녀가 죽은 후로는 이글 연못에 거의 가지 않았다. 지금부터 따져 보면 그곳을 차로 지나친 것도 아주 오래전 일이다.

내 친구가 흙길로 나를 데려다줬을 때 가을의 눈부신 햇살

아래서 이글 연못은 깊게 푸른색으로 파도가 일고 있었다. 나는 우리의 호숫가에 서 있는 자작나무를 보았고 내 모습이 처량해서 눈물이 났다.

물론, 우리는 모두 정자가 난자에 침입하는 순간부터 죽기 시작한다(임신중절 반대론자들이 이 점에 집착한다). 내 나이에 이르게 되면 죽음을 담담히 받아들인다. 어떨 땐 숙연하게 말이다. 하지만 우리 모두는 죽는 건 별 볼 일 없는 일이라는 데 동의한다. 어떤 사람이 운 좋게도 말을 하는 도중에 혹은 샌드위치를 먹다가 갑자기 고꾸라져 죽는 걸 본 적이 한 번도 없다.

내가 죽음을 지켜본 사람은 두 명, 케이트 할머니와 내 아내 제인뿐이다. 두 경우 모두 곧 시체가 될 사람은 이미 정신이 없었다. 벌써 몇 시간 전에 두 사람 다 체인·스토크스 호흡으로 넘어간 후였다. 체인·스토크스는 뇌사 후에도 뇌간이 산소를 공급하려고 계속 호흡을 하게 하는 현상이다. 긴 호흡 한 번 하고 밭은 호흡 세 번, 그리고 잠시 정지. 내가 본 바로는 뇌간이 열두 시간까지도 호흡을 지속시킬 수 있다.

할머니의 입이 벌어졌고 매우 건조해 보여 간호사가 물 한

숟가락을 빨갛게 부은 혀 위로 떨어뜨렸다.

할머니는 사레가 들린 것처럼 숨 막혀 했다. 내가 손을 잡아드렸다. 긴 숨을 멈출 때까지 나는 그녀의 머리를 어루만져주었다.

제일 안된 건 정신이 말짱한 채로 죽는 사람들이다. 거친 숨을 몰아쉬면서 극단적으로 어쩔 줄 모르고 괴로워한다. 그들은 분홍빛에서 푸른색으로 변해간다. 아버지와 어머니는 두 분 모두 정신이 있는 채로 돌아가셨다.

학교 다닐 때부터 나는 죽음에 매료되었다. 그리고 수십 년 동안 이 불건전한 매혹 상태가 지속되었다. 우리 가족을 봐도 할아버지 할머니 항렬의 수많은 친척이 줄지어 돌아가셨다. 나는 열 살이라는 나이에 연회 속에서 조숙한 슬픔을 체험했으며 나 자신에게 죽음이 바로 현실이라고 말해주었다.

중학교 1학년 때 처음으로 시를 썼다. 그것은 죽음이 우리를 잡으러 온다는 것, 밤을 도와 무서운 소리를 내면서, 마지막에 죽음이 당신의 이름을 부르면 끝이라는 내용이었다.

열다섯 살이 되어 점차 시인이 되는 연습을 하던 시점에, 만약에 내가 어려서 죽을 거라고 공표하면 치어리더들에게 인기를 끌 수 있을 거라고 생각했다. 나는 17페이지와 18페이지 사이에서 내가 죽을 것이라고 사람들에게 알렸다. 17 페이지와 18페이지가 서로 앞과 뒤라는 걸 미처 생각하지 못했던 것이다. 진짜 시를 쓰기 시작한 후에도 그 주제를 떠나지 않았다. 예전과 비교해 달라진 점은 죽음이라는 단어에서 대문자를 떼어낸 것이다.

난 밝은 시를 썼다(농장의 말이나 우리 집에서 기르는 개에 관한). 그리고 결국에는 그들 모두 죽는다는 걸 지적했다. 누가 예측했을까? 나는 〈죽음을 찬미하며Praise for Death〉라는 시를 썼다. 죽음에 아부를 해서 죽음을 회피하려는 내용이었다.

이제 활자 속에서 말고는 나는 죽음에 연연하지 않는다. 곧 죽을 거란 걸 아는 게 어쩌면 홀가분하다. 왜냐하면 다음 오르가슴에 집착하지 않아도 되니까. 난 야망이 있었고 이제 그 야망의 미래에 대한 계획은 없다. 지금 쓰고 있는 에세이 밖에는 말이다. 내 인생의 목표는 화장실까지 가는 것이다. 과거에 나는 현재에 집중하라는 말을 늘 들었다. 지금 그 외에 다른 무엇을 할 수 있겠는가?

내게는 하루하루가 똑같다. 별 볼 일 없고 빨리 간다. 내 치아는 풀로 붙이기 무섭게 다시 떼어내는 것 같다. 일주일이나 점심 식사나 무료하기는 마찬가지다. 시간은 가고 나는 별 감흥이 없다. 지루함의 유일한 척도는 계절이다. 매년 똑같은 순서로 반복한다. 왜 좀 다르게는 하지 못할까?

여름으로 시작해서, 그다음에 봄이 오고, 겨울이 오고, 그다음에 추수감사절이 온다면?

난 죽고 싶었던 적이 딱 세 번 있었다. 모두 여자 때문이었다. 두 명은 나를 찼고 한 명은 나를 두고 죽었다. 그때마다 자살을 꿈꾸며 위안을 얻었다.

내가 열두 살 때 아버지가 22구경 모스버그 라이플을 선물해주시긴 했다. 하지만 이런 소구경 총으로 자살을 시도하기엔 성공 가능성이 너무 희박했다. 총부리를 외과의사처럼 정확하게 조준하지 않는 한, 평생을 인공호흡 장치에 의존하게 될 가능성이 농후했다.

내 친구 브루노가 실패하지 않을 방법을 일러줬다. 이글 연못에 들어가 물이 무릎에 찰 때쯤 장총을 쏘아 머리에 총알이 박히도록 하는 것이다. 총알이 나를 죽이지 못했어도 익사하게 될 것이다. 브루노는 자살에 관해 많이 생각했고 아주 확실한 방법을 택했다. 자신의 베벌리힐스 콘도에서 수류탄을 가슴팍에 꼭 대고 핀을 뽑아버렸다. 지금에 와서는 내가 원한다 해도 이글 연못으로 걸어 들어갈 수가 없다. 이미 힘이 너무 없고 잘 걷지도 못하는 탓이다.

중년에 들어서 자연적인 이유로 몇 번 죽을 고비를 맞았다.

예순한 살 때 대장암에 걸렸다. 의사들이 능숙한 솜씨로 암 조직을 들어냈다. 그런데 2년 뒤 간으로 전이됐다. 외과 의사가 간의 절반을 떼어냈고 앞으로 5년간 생존할 가능성이 있다고 말해줬다.

제인과 나는 내가 죽을 것이라고 믿었다. 그녀는 매일 내게 마사지를 해주었다. 암을 몸 밖으로 밀어내려는 듯이 말이다. 다음 순서로 항암 화학치료를 받았고 나는 쓰고 있던 글들을 할 수 있는 만큼 마무리지었다. 내가 죽을 날을 기다리고 있는데 제인이 갑자기 백혈병에 걸려서 너무나 경악스러웠다. 마흔일곱이라는 나이에 닥친 그녀의 죽음은(난 예순여섯이었다) 평범한 일이 아니었다.

나는 6년 후 경미한 뇌졸중을 겪었다. 내가 죽을 수도 있다는 건 이제 기정사실이었다.

경동맥이 85퍼센트까지 막혀 있었다. 하보 박사가 2.5센티미터 정도 되는 연필 너비의 플라크(굳은 조직)를 두 시간에 걸친 국부마취 수술로 제거했다.

수술받는 중에 하얀 가운을 입은 집단끼리 주고받는 잡담을 듣는 것도 재미있었다.

가끔씩 누군가가 나에게 개의 고환같이 생긴 것을 꼭 잡아

보라고 시켰다. 그러면 딸랑딸랑하는 소리가 났고 이는 내가
정신을 잃지 않고 있다는 신호였다. 하보 박사가 내 혈관 속
에서 꺼낸 덩어리를 집에 갖고 가지 못하게 해서 실망했다.
에즈라 파운드Ezra Pound의 『섹스투스 프로페르티우스에 바치
는 경의Homage to Sextus Propertius』에서 주인공 시인은 이런 말을
한다. "틀림없이 내 장례식을 치르고 나면 내 시들이 대박
날 거야."

특정한 상황이 그런 반응에 영향을 미치기도 한다. 예를
들어 비교적 젊은 나이에 세상을 떴다는 것이 그렇다. 제인
이 죽었을 때 부음 기사들은 그녀의 시를 실었다. 그녀에 관
해 나와 인터뷰했다.

NPR은 테리 그로스와의 인터뷰를 재방송했다.

인도에서는(제인과 내가 인도를 방문했었다) 봄베이, 뉴델리 그리
고 마드라스(첸나이의 옛 이름_옮긴이)에서 그녀를 기리는 의식을
행했다. 뉴햄프셔주, 뉴욕, 하버드대학 그리고 미니애폴리스
에서 추도식이 거행되었다.

그녀의 사후에 만들어진 시 모음집인 『아니라면Otherwise』이
그녀의 1주기에 출판되었다. 그리고 연달아 세 번에 걸쳐 양
장본 인쇄가 거듭되었다. 18개월 후에는 저가의 페이퍼백

버전이 생겨났고 출판사에서는 이제 시 완결판을 추가했다.

난 그녀의 작품을 사랑한다. 하지만 책이 처음에 그렇게 잘 팔렸던 이유는 그녀가 백혈병으로 젊은 나이에 죽었기 때문이었다. 18년이 지나서도 그녀의 시는 명시선집에 포함된다. 어쩌면 앞으로도 계속 관심을 받을지도 모르겠다.

좀 전에 아주 친한 친구가 여든아홉을 일기로 죽었다. 적어도 그는 자기 집에서 죽었다.

모든 사람이 자기들 집에서 가족의 보살핌을 받다가 죽던 것(제인도 그렇게 죽었다)을 기억할 만큼 나는 늙었다. 내가 아홉 살이었을 때 여름방학을 농장에서 보냈었다. 그때 케이트 할머니의 언니인 내니 할머니가 응접실에 누워서 죽어가고 있었다. 그 당시 응접실은 특별한 행사를 위해 비워두는 게 상례였다. 목사님을 응접할 때, 장례식, 결혼식 그리고 누가 죽을 때를 위해서 말이다(응접실은 지금 텔레비전이 있는 방이다). 내니 할머니는 작은 침대에 누워 지냈다. 눈도 안 보이고, 침대에서 돌아누울 수도 없었고 끊임없이 허리가 아팠다. 그녀는 내 조부모인 케이트와 웨슬리에게 이 집에 사는 사람들(케이트와 웨슬리)이 자신을 장작더미 위에서 자게 만드는 고문을 가하고 있다고 말했다.

그녀는 케이트에게 자신의 가족들이 보고 싶다고 했다(눈
도 안 보이고 치매기가 있어서 자신을 돌보는 사람이 바로 자신의 가족이라는
걸 몰랐다는 의미다_옮긴이).

그래서 케이트는 그녀에게 케이트와 웨슬리가 방문하도록
하겠다고 말해줬다. 케이트와 웨슬리가 방문했을 때 내니 할
머니는 굉장히 기뻐하셨다. 그분은 1938년 9월, 내가 개학
을 해서 그곳을 떠난 얼마 후에 돌아가셨다. 뉴잉글랜드 태
풍이 오기 바로 직전이었다. 어머니가 장례식에서 돌아오는
길은 태풍으로 막혔었다.

어떤 운 좋은 사람들은 호스피스에서 죽는다. 머무는 동안
은 포근하지만 그 기간은 짧다. 나는 오랜 친구, 제임스 라이
트가 브롱크스 호스피스에 누워 있을 때 방문했었다. 그는
따스하고 지적인 보살핌을 받고 있었다. 하지만 그곳에 빈
침상이 생겨서 입원할 수 있었던 것은 죽기 나흘 전이었다.
내 첫 아내는 뉴햄프셔 호스피스에서 죽었다. 그녀 역시 죽
기 6일 전에야 들어갈 수 있었다.

몇몇 병원은 말기암 환자들에게 증상 완화 요법을 행한다.

그 외 사람들은 아직도 집에서 죽는다. 내 아버지, 제인의
아버지 그리고 두 분의 이모님이 그랬다.

제인은 번쩍번쩍한 병원 침대에서 죽을 수도 있었지만 집을 택했다. 나도 그럴 것이다. 가능하다면 제인과 같은 침대에서 말이다.

오늘날 노인 대부분이 이윤을 추구하는 말기암 환자용 다인실 침대에서 죽어간다.

그들이 사랑하는 아들과 딸들은 바쁘다. 이미 자리 잡은 자신들의 일상의 순서를 포기하고 싶어 하지 않는다. 한 자식은 부모의 기저귀를 갈지 않겠다고 했다. 그래서 최저임금을 받고 기저귀를 갈아줄 여자에게 부모를 맡겼다. 나의 친구 린다는 대학 때 두 번의 여름방학을 '영원한 평화'라는 이름의 장소에서 일하며 보냈다. 3시부터 11시까지 근무였다. 환자들에게 밥을 먹이고 나면 틀니를 빼서 병에 담았다. 어느 날 밤, 린다는 한 여자의 틀니를 빼낼 수가 없었다. 그녀는 잡아당기고, 당기고, 계속 당겼다. 치아 한 대가 피를 뚝뚝 흘리며 빠져나왔다.

노인들을 '저장하는 통'은 희망적인 이름을 갖고 있다. 어떤 알츠하이머 병동이 '기억의 도로'라고 명명됐다는 얘기를 들은 적이 있다.

그 외에도 상쾌한 풍경, 영원한 삶, 행복의 골짜기, 천국의 들판, 천국의 성문, 평화의 들녘, 여름 협곡, 천국 마을, 가을 바람, 젊음의 원천, 연장자의 정원, 항구 섬, 마법의 봄, 황금 가보, 황금빛 여명, 풍족한 들녘, 티슬록Thistlerock 농장, 마을 잔디밭, 푸른 마을, 영원한 휴식Ever Rest, 영원한 휴식Everest.

이런 온갖 이름을 가진 공간에서 연장자들은 돌아가시거나 평화 속에 안식하고, 또는 조물주를 만나고, 또는 이 세상을 떠나고, 또는 농장을 산다…라고…….

악명 높은 시인이 50편에 이르는 시를 전부 잡지사에 팔고, 출판사로부터 선금을 받아 책을 쓰고, 양장본에 이어 페이퍼백을 매진시킨다. 만약에 누군가가 시인에게 큰 소리로 시를 읽어달라고 하면, 한 번의 낭송에서 잡지와 책을 모두 합친 것보다 더 많은 현금을 벌 수 있다.

시가 창조하려고 하는 것들은 돈이 아니다. 아름다움, 감정, 지성, 직관 그리고 즐거움, 이 모든 것들을 동시에, 그리고 여기에 덧붙여 영원성까지 탄생시키려는 것이다. 그렇게 되는 경우는 정말 드물다.

그들이 만든 시가 무엇을 하려고 하든지 간에 시인들은 거절과 편집자들 때문에 분통이 터진다(보상이 작은 일일수록 경쟁이 더 치열한 건 잘 알려진 일이다).

《뉴요커》로부터 여섯 번째 거절을 당한 시인은 "이 사람들은 날 싫어해"라고 판단한다. 어떤 (일주일에 천 편의 시를 기고받고 그중에 두 편을 게재하는) 잡지사가 블랙리스트를 대조해본다고 이 시인은 생각하는 걸까? "안 돼. 그 여자는 싫어"라는 식으로?

한 친구는 자기의 시를 《뉴요커》에 보냈는데 두 시간 반만에 이메일로 거절당했다. 그는 거의 발작을 일으켰다. 그는 정말로 편집자나 부편집자가 결정하는 데 두 시간 반이 걸릴 거라고 생각하는 걸까?

거절을 결정하는 데는 보통 2분 30초가 소요된다. 사람들이 유명도가 낮은 매거진에 시를 보낸 후 1년을 기다려서 거절을 통보받았다면 편집자가 같은 시를 1만 7,000번 읽는다는 의미일까? 아니면, 죄의식이 지루함을 드디어 압도한 걸까? "어이구, 저 시 더미를 어떻게 좀 해야겠군."

난 비교적 평온하게 거절을 받아들이는 편이다. 그렇게 된 계기는 우연이었다. 열네 살 때 《월간애틀랜틱》, 《네이션》, 《뉴요커》, 그리고 《토요문학평론》에 내가 쓴 시들을 보냈다.

인쇄된 (거절) 쪽지와 함께 시들이 되돌아왔다. 잠시 실망했었다. 그리고 두 개의 길고 하얀 봉투가 더 들어 있는 걸 봤다. 하나는 우표가 붙은 수취인(나)의 주소가 적혀 있는 봉투, 다른 하나는 같은 시들을 다시 보낼 수 있는 봉투. 그리하여 미성년이었던 내 노력들이 다음 우편에 실려 나갔다.

불과 몇 분 사이에 난 절망에서 희망으로 바뀌었다.

고등학교 수업을 마치고 집으로 돌아오면 어머니가 문간에서 밝게 맞아주곤 하셨다. "오늘 또 거절이 왔구나, 도니."

어린 나이에 시인이면서 편집자가 된다는 것은 상당히 도움이 된다. 그래도 열네 살은 너무 어리다.

엑서터고등학교와 대학에서 나는 교지에 실을 원고들을 선별하는 일을 시작했다. 옥스퍼드대학에서는 동시에 출판물 네 건을 편집했다. 다음엔 《파리리뷰》에서 최초의 시 부문 편집자가 되었다. (난 조지 플림턴과 같이 대학에 다녔다.)

난 제프리 힐의 시들을 처음으로 출판했고, 로버트 블라이Robert Bly, 톰 건Thom Gunn도 마찬가지였다. 그러는 와중에 1만 편의 시들을 거절했고 그중에는 실수도 있었다. 앨런 긴즈버그Allen Ginsberg의 〈해바라기 경전Sunflower Sutra〉을 무시했던 것이다(그는 조지에게 말하기를 시가 대낮에 나와 항문성교를 한다 해도 내가 시를 몰라볼 것이라고 했다).

내가 활자화했던 시들 중 일부는 바보같이 거절했던 시들보다 더 굴욕을 안겼다. 그럼에도 불구하고 난 편집하면서 많은 걸 배웠다.

내가 혼자 구축한 글 쓰는 방법 외에도 다른 방법들이 존재했다. 나는 모든 문학 잡지들을 섭렵했다. 이 분야를 정찰했다. 평생 함께할 친구들을 만났다. 나중에 그들에게 내 원고를 보여주었고 그들과 효과적으로 논쟁을 벌였다.

《파리리뷰》에서의 시 편집은 나의 문학 모임을 더 넓혀주었다(조지 플림턴, 피터 매티슨Peter Matthiessen, 윌리엄 스타이런William Styron).

이스트 72번가에서 열리던 조지의 파티에서 나는 필립 로스, 메리 매카시Mary McCarthy, 로버트 로웰Robert Lowell 그리고 킹즐리 에이미스Kingsley Amis를 만났다.

보리스란 이름의 사내가 검정색 가방을 들고 방문하기도 했다. 약국에서 살 수 없는 제품들을 가지고 왔다고 했다.

짐작했겠지만 편집자로서 맞이했던 모든 조우가 온화한 것은 아니었다. 시인들의 편지가 《파리리뷰》에 도착했다. "나는 생존해 있는 가장 위대한 시인이다. 만약 내 시들을 모두 출판하지 않는다면 당신은 개자식이다." "나는 영문학과의 정식 종신교수다. 게다가 미식축구 리그에서 공격 태클을 담당한 선수였다." "난 연쇄살인범이다."

편집자들은 시를 거절할 때 도움이 될 만한 제안을 하지 않게 된다. 내가 "튼실한 아기"가 진부한 표현인 것 같다고 내비치면 답장이 온다. "당신은 천치이고 이 은유는 혁신적이고 천재적이다."

매달 많은 시가 파리 사무실로 배달되었다. 50퍼센트는 그 자리에서 거절했다. 첫 다섯 줄을 읽어보면 가망이 없음을 느낀다. 더 나은 후보작들은 보관해두고 다시 읽어보고 또 읽어보았다. 어떤 것들은 다시 보관함에 넣어두면서 말이다. 마침내 한 편 아니면 두 편을 채택했다.

내가 실수하기도 했다는 걸 잘 안다. 난 자만했었다. 스물다섯의 나이에 스스로의 심미안에 대해 너무 자신했었다. 60년이 지난 후엔 그렇게 자신하지 않는데 말이다. 짐작컨대 나는 더 편협했고, 더 독단적이었고, 더 훌륭했을 것이다.

수년 전에, 훌륭한 시인이면서 우울한 성향을 가진 내 친구가 새로운 시를 쓰지 못하게 됐다는 걸 알게 됐다. 게재를 거절당하고 너무나 망연자실한 탓이다. 난 시를 쓰지 못하겠다는 그녀의 의견을 논박했지만 그녀는 좌절감을 떨쳐버릴 수 없었다. 아이디어가 떠올랐다. 그녀가 허락한다면 내가 그녀의 시를 부치겠다고 했다.

하지만 본명을 사용하면 영향력을 행사하려는 의도로 비칠 것이었다. 마치 내가 영향력이 있는 인물이라고 스스로 생각하는 것처럼 말이다. 그래서 '조이 아마릴리스'라는 가공인물을 만들었다. 아마도 전 우주에 하나밖에 없을, 시인들만을 대표하는 문학 중개업자. 우선 뉴햄프셔주 포터 플레이스의 사서함을 빌렸다. 내 거주지 근처지만 우편번호는 다른 동네다.

아메리칸 스테이셔너리(문구류를 파는 회사_옮긴이)에 조이라는 새 이름과 주소가 인쇄된 편지지와 봉투를 주문했다.

편집자들에게 편지를 쓸 때 조이는 오직 간단한 메모로 그치려고 노력했다.

"이곳은 오늘 비가 오고 있네요"라고 쓰면 편집자는 조이가 접근할 방법을 찾고 있다고 의심할 것이다. 그녀의 허락을 받아 그녀의 시들을 명망 있는 잡지들에 투고했다. 구체적으로 어느 곳인지는 그녀에게 말하지 않았다. 시들이 되돌아오면 내가 다시 부쳤다. 또 되돌아오면 또다시 부쳤다.

우리 둘이 합의한 바에 따라 내가 시를 부친 것도 말하지 않았고 거절당한 것도 말하지 않았다.

어떤 편집자가 시를 채택하면 기쁜 소식을 퍼뜨렸다.

한번은 조이가 그의 고객의 시들을 학술적인 계간지의 편집자에게 보냈다. 난 그 사람과 다정한 편지를 주고받는 사이였다. 그리고 얼마후에 나는 이 편집자에게 편지를 쓰다가 아무 생각 없이 내 친구를 칭찬해버렸다. 그가 답장을 보내왔는데 근래에 그 여자가 쓴 시들을 받아보았다고 했다. 하지만 그 시들은 다른 사람이 대신 보낸 것이었고 자기는 "그런 식으로 보낸 시는 절대로 읽지 않는다"라고 했다(시들은 아직 포터 플레이스로 되돌아오지 않았었다). 나는 다시 그에게 편지를 보내 나의 사기 행각을 고백했다. 그리고 사과했다. 그는 내 친구가 자신의 시들을 직접 제출해야 한다고 말했다. 수십 년이 지난 지금도 그녀는 계속해서 그 계간지에 작품을 발표하고 있다.

조이는 또 《포이트리》에 그녀의 시들을 제출했다. 《포이트리》가 그중 다수를 사들였다. 그 편집자는 내 시들을 이미 출간했었지만 내가 그를 화나게 했음을 분명히 밝혔다. 그가 보내온 수락 메모조차도 냉랭했다. 그런가 하면 조이 아마릴리스에게는 호감을 가져서 조이의 관대함을 칭송하는 편지를 그 앞으로 보냈다. 내가 왜 이런 난리법석을 꾸몄을까? 나는 우울한 친구를 도와줬고 잘 쓴 시들을 흥행시켰다.

난 얼마나 좋은 사람일까? 하지만 정말로, 내가 왜 그렇게 그 일을 즐겨 했을까?

난 비밀요원이 되는 게 너무 신났었다. 몇 년이 지나고 내 친구는 자신의 마케팅을 직접 관리했다. 그리고 매우 번창했다. 조이는 추운 밖에서 안으로 들어왔다.

열여섯 살의 시인들은 한 번 매거진에 발표하면 이제 됐다고 생각한다. 사실 그것은 시작에 불과하다.

그다음엔 《포이트리》에 발표하면 이제 됐다고 생각한다. 아니요. 《뉴요커》? 아니요. 책을 출판하면? 비평가들로부터 호평을 받으면? 무슨 상을 받으면? 구겐하임은? 전미도서상을 받으면? 노벨상이면? 아니, 아니, 아니, 아니, 아니, 아니, 아니요.

스톡홀름에서 돌아오는 비행기 안에서 노벨상 수상자는 그 어떤 것도 이젠 됐다는 걸 증명해보일 수 없다는 걸 안다. 그는 한숨을 쉰다.

작가들은 당연히 찬사를 필요로 한다.

제인과 내가 미시간주에서 뉴햄프셔주로 이사한 후에, 내게 갈색의 두툼한 봉투가 배달되었다. 앤아버의 칵테일파티에서 만났던 친구가 보낸 것이었다. 소설을 쓰며 살고 싶어

했는데 광고계에 주저앉았던 사람이다. 봉투 안에는 길고 긴 에세이가 들어 있었다. 어떤 문학 계간지에서 내가 모르는 교수가 내가 그때까지 썼던 모든 종류의 글을 공격한 것을 잘라낸 것이었다(시, 아동도서, 회고록, 단편집, 심지어는 그 교수가 재직하는 대학에서 채택된 교과서까지 공격했다). 그 교수는 내가 쓴 교과서가 훌륭하다고 했다. 아니, 너무 훌륭하다고 했다. 그러면서 내 책을 한참 동안 헐뜯었다. 책이 너무 뛰어난 꼴이 보기 싫었던 듯하다.

오려낸 기사와 함께 넣어진 메모에 나의 오랜 지인이 썼다. "이걸 보고 웃으시라고요."

우리 모두가 나쁜 소식을 전달한 메신저를 처형한 황제 이야기를 안다. 황제가 옳았다. 나는 《뉴욕리뷰오브북스》의 구인 광고에서 살인 청부업자를 고용했다.

우리 세대는 예술가의 가치란 그 영속성에 있다고 믿었다. 현세에서 따르는 유명함이 아니라고 말이다. 요즘은 로버트 로웰에 대해 별로 말이 없다. 죽었을 당시에는 산꼭대기에 있던 사람이었다. 우리는 로웰에 대해 다시 듣게 될 것이다. 그의 멘토였던 앨런 테이트Allen Tate에 대해서도 다시 듣게 될까?

우리는 대부분의 시들이 보이지 않게 되는 경향이 있다는 걸 보았다. 수십 년 동안 혹은 영원히 말이다.

앤드루 마벌Andrew Marvell은 부활하는 데 300년이 걸렸다. 전기나 서한집들이 시에 관심을 갖게 만들기도 한다. 결과적으로 작가의 글보다는 작가 개인에게 관심이 옮아가기도 한다.

작가가 어떻게 죽었는지 사람들이 관심을 갖는 게 그런 예다. 많은 사람이 존 베리먼John Berryman과 실비아 플라스Sylvia Plath의 시보다는 그들의 생애에 대해 더 잘 알고 있다. 테니슨을 향한 찬미는 20세기에 사라졌다. 빅토리아시대 사람은 시인일 수가 없다고 당대에 정해진 탓이다.

예이츠는 1939년에 죽었는데 명성은 1960년대까지 이어졌다. 굉장히 특이하게 길었던 시간이다. 그러고는 그의 과장됨이 그의 명성을 잠잠하게 만들었다(제인은 생전에 이 사람에게서는 중고차 한 대도 사지 않을 거라고 말하곤 했다).

테니슨이 그랬던 것처럼 예이츠는 부활할 것이다. 하지만 나의 옛 스승 아치볼드 매클리시Archibald MacLeish는 그렇지 못할 것이다. 그는 퓰리처상을 세 번 수상했다.

로버트 프로스트도 그랬다. 하지만 많은 퓰리처상 수상자들은 극빈자 묘소에 안치됐다.

시어도어 로스케[Theodore Roethke]는 1950년대에 굉장한 찬사를 받았었다. 1980년대에 이르러서는 대체로 존재가 없어졌다. 내 생각에 그의 그림자 뒤에서 그의 거대한 모습이 다시 드러날 것 같다. 존 키츠가 일찍 죽은 것은 명백히 잘된 일이었다.

그런 것 외에는 우리는 시인이 살아 있을 때 그에게 관심을 갖는다. 그들의 소리를 듣고 찬미하고 경멸하고 이용한다. 보통은 죽음이 그들을 사라지게 한다. 내 불멸성은 아마도 장례식 후 6분이 지나면 소멸할 것으로 예상하고 있다. 문학은 제로섬게임이다. 시인 한 명이 부활하면 다른 시인이 좀 더 죽는다. 스톡홀름에서 돌아오는 노벨상 수상자처럼, 우린 그걸 이해하고 한숨을 쉰다.

제인과 내가 뉴햄프셔주로 이사 왔을 때 우리는 종종 틸턴으로 드라이브를 갔다. 이모와 이모부가 살던 곳이다. 가는 길에 작고 하얀 건물을 지나치는데 이탈리안 레스토랑이라고 적힌 간판이 있었다. 그리고 그 아래 출입문 양쪽으로 간판의 글씨보다 약간 작은 크기로 이렇게 적혀 있었다. '마늘 안 씀. 마늘 안 씀.' 그 선언문이 놀랍지는 않았다. 그 시절 뉴햄프셔의 음식은 거의 영국 수준으로 볼품이 없었다.

여름이면 조부모님 농장에서 건초를 수확하며 지내던 1938년부터 1945년까지, 내가 사랑하는 할머니 케이트가 만들던 음식은 정말 맛이 없었다. 정오에 먹던 점심이 3일 내내 똑같은 닭고기 프리카세(잘게 다진 고기와 채소를 넣은 요리_옮긴이)일 때도 있었다. 알을 안 낳는 암탉을 열두 시간 동안 곤 것이다. 어떨 땐 기름에 튀긴 스팸도 먹고, 어떨 땐 통조림 정어리도 먹었다(난 바깥에 있던 변소에 가서 토했다).

일주일에 한 번 정육 판매인이 현관 앞에 트럭을 대고 할머니께 상품을 보였다. 그에게서 산 로스트비프는 마치 미라노새고기 같았다. 할머니의 채소 요리는 그래도 먹을 만했다. 봄이 오면 할머니는 금방 뽑은 파스닙(배추 뿌리같이 생긴 채소_옮긴이)을 내놓았다. 그 전 여름에 심어 눈이 녹은 후에 수확한 것이었다. 완두콩과 콩류는 여름 내내 금방 따서 조리했다.

할머니는 겨울 동안 먹을 채소들을 유리병에 저장했다. 마당에서 나온 음식들은 신선한 것이건 통조림이건 관계없이 모두가 곤죽이 되어 식탁에 올랐다.

좀 나은 먹을거리가 있긴 했다. 지하 저장실에서 가져온 사과는 서리가 내리고 거의 다음 수확 절기가 올 때까지 먹기 좋았다. 베리류는 젤리와 잼으로 만들어졌고 사과로 만든 술은 식초가 되었다(식탁 위에 있는 식초병이 우리를 괴혈병으로부터 지켜주었다).

매일 세 끼를 먹었고 적어도 파이 한 개가 언제나 식탁에 올랐다. 파이 밑판은 늘 덜 익은 채였다. 아침 식사는 한쪽만 익힌 달걀 두 개(완전 괜찮다)와 오래된 간 고기 뭉친 것 한 조각이었다.

식료품 가게는 800미터 정도 떨어진 곳에 있었다. 웨스트 앤도버까지 관장하는 우체국장이기도 한 헨리의 식료품 가게에는 냉장 설비가 없었다. 그 탓에 창고 선반에는 스팸과 정어리 통조림이 늘 있었다. 할아버지 집에는 냉장 상자가 있었다. 얼음 가게에서 매일 새 얼음을 가져와 상자를 시원하게 유지했다. 한 번씩 내가 헨리네 가게로 걸어가 새로 낳은 달걀 한 줄을 화장지나 소금, 스팸이나 정어리 통조림 한 개와 교환해 왔다.

옛날에는 유난히 추운 겨울이면 조상들은 돼지를 잡았다고 한다. 공구를 보관하는 바깥 창고에 걸어놓은 뒤 기름은 떼어서 녹여 쓰고 겨우내 고기를 잘라내 먹었다는 것이다.

우리가 외식하는 일은 없었다. 식당이 있기나 했는지 모르겠다. 말과 마차밖에 없으니 멀리는 나갈 방법이 없었다. 가끔은 이웃이 우리를 차에 태우고 프랭클린까지 쇼핑을 데려가기도 했다.

뉴베리에서 구운 콩과 프랑크푸르트 소시지 한 접시를 25센트 주고 사 먹을 수 있었다.

집에서 점심을 먹을 때면 생양파를 원더브레드 빵 조각 사이에 끼워 샌드위치를 만들어 먹었다.

할머니는 이 새로운 제품이 세기의 기적이라고 생각했다. 할머니는 수십 년 동안 직접 빵을 구우셨던 분이었다. (월요일은 빨래, 화요일은 다림질, 수요일은 빵 만들기.) 그리고 만든 지 일주일 지난 마지막 빵 조각은 칼로도 의치로도 자를 수가 없었다.

원더브레드는 한 덩어리에 10센트였는데 이미 잘린 상태로 헨리의 가게에 도착했다. 갓 구운 빵보다도 더 부드러운 것이 일주일이 지나도, 아니 2주가 지나도 여전히 똑같이 부드러웠다.

또 다른 혁신적 제품이 뒤를 이었다. 벨비타(인스턴트 맥앤치즈), 호스테스 트윈키스(크림빵 과자), 미러클 휩(샐러드 크림)……. 하지만 뭐니 뭐니 해도 원더브레드만큼 온 우주를 바꿔놓은 것은 없었다.

학기가 시작할 때 코네티컷의 집으로 돌아가면 메뉴가 더

업그레이드됐다. 아침 식사는 콘플레이크였다. 한 번씩 위티스, 치어리오스 그리고 크리스피스로 바꿔가면서 시리얼을 먹었다. 아침마다 우유가 배달됐다. 우리 집안이 소유한 브록-홀 낙농회사의 마차에 실려 와 집 뒷문에 도착했다. 그 당시 배달 일을 하던 사람은 나중에 그 노선의 판매업자가 되었다.

정오가 되면 스프링글렌그래머스쿨에서 집까지 걸어와 땅콩버터와 젤리 샌드위치를 먹었다.

밤에는 양고기 등으로 만든 고기 조각들과 통조림에 든 채소 그리고 감자를 먹었다(클래런스 버즈아이Clarence Birdseye가 완두콩을 얼리자, 그의 발명품은 슈퍼마켓들이 테니스장만큼 거대한 냉동고들을 설치하게 만들었다).

햄든에서 인기 있던 요리로 미국식 찹수이가 있었다. 어머니는 이 요리를 아흔 살이 될 때까지 계속해서 만드셨다.

팬에 버터 113그램을 녹인다.

양파 한 개를 잘라 볶는다.

햄버거 고기를 부셔서 볶은 양파에 더한다.

셰프 보이알디(토마토소스 통조림_옮긴이) 한 통을 다 부어서 상에 낸다.

버터, 양파 그리고 햄버거 고기에 저급한 가짜 이탈리안 스파게티를 섞은 요리는 찹수이와 아무 상관도 없었다(찹수이는 중국과도 아무 상관이 없었다).

그것은 미국식 고급 요리였다.

매년 9월 20일에는 내 맘대로 메뉴를 선택할 수 있었다. 미트로프(곱게 다진 고기와 양파 등을 함께 섞어 빵 모양으로 만든 뒤 오븐에 구운 것_옮긴이), 옥수수 낱알, 밥, 바닐라 아이싱 위에 촛불을 꽂은 초콜릿 케이크. 그리고 부록으로 '홀'표 아이스크림 한 덩어리.

식사 때마다 후식이 따랐다. 주로 타피오카 푸딩('생선 눈알과 풀') 아니면 젤로와 맛난 통조림 과일을 섞어 틀에 담아 차게 식힌 것이었다.

어머니는 요리하는 데 많은 시간을 썼던 것 같다. 하지만 하시는 일은 그게 거의 전부였다. 코네티컷 교외의 중산층 사회에서, 부인들은 집에서 요리와 다림질 외에는 아무것도 하면 안 되었다. 집 청소는 이민자들 몫이었다. 어머니는 브리지 게임를 했고, 여성들이 모이는 클럽의 회원이었고, 쇼핑을 했다.

어머니는 매주 흰 셔츠 열네 장을 세탁하고 다렸다. 아버지와 아들에게 점잖은 복장을 입혀야 했기 때문이다. 일요일 저녁엔 라디오 옆에 있는 작은 바퀴 달린 탁자에 둘러앉아 샌드위치를 먹었다. 6시에 시작하는 30분짜리 잭 베니의 프로그램을 청취했다. 그게 끝나면 필 해리스, 그다음엔 프레드 앨런이 나왔다. (가끔씩 그로부터 한 시간 후에 내 방에서 담요를 뒤집어쓰고 금지된 트랜지스터 라디오를 켰다. 그리고 빙 크로스비의 노래를 들었다)

샌드위치는 껍질을 잘라낸 원더브레드를 반으로 갈라 가공된 치즈를 바른 것이었다. 치즈는 작은 크라프트 병에 파인애플과 크림치즈, 피멘토와 오렌지별로 담겨 있었다. 치즈를 다 먹고 병이 비면, 깡통에 담긴 오렌지주스를 옮겨 담았다. 밑부분은 약간 좁고 위로 갈수록 조금씩 넓어지는 병이었다. 뉴햄프셔주에서 할머니는 햄든에서 가져간 이 치즈 병에 따뜻하게 데운 목시 음료수를 담아서 밤마다 침대 옆에 두셨다.

코네티컷주에서는 특별한 날이면 롱아일랜드해협에 있는 시셸이라는 식당에서 외식을 했다.

저녁 식사는 새우 칵테일과 함께 시작했다. 새우 세 마리를 케첩과 양고추냉이를 섞은 소스에 버무린 것이다. 다음엔 안심 스테이크와 감자 그리고 채소 한 가지가 나왔다.

후식은 카트에 진열된 것들(초콜릿 케이크, 설탕을 입힌 딸기) 중에서 선택했다. 이렇게 세 가지 코스 요리 가격이 99센트였다. (할아버지는 젊은 애들을 놀래주려고 옛날 가격들을 열거한다. "휘발유는 약 19리터에 1달러란다. 그리고 기름통을 가득 채우면 접시 한 세트를 사은품으로 줬었지.")

우리는 주로 집에서 밥을 먹었다. 베티 크로커(할머니 이름_옮긴이) 식단에는 1975년의 뉴햄프셔주 이탈리안 레스토랑처럼 마늘이 배제돼 있었다.

마늘을 처음 발견한 것은 햄든고등학교로 진학한 뒤였다. 스프링글렌그래머스쿨은 교외의 중산층을 위한 학교였다. 백인들만 다녔다. 햄든에서 처음으로 한 친구가 다른 친구를 "파이산(이탈리아나 스페인계 후손들이 서로를 '친구'라고 부르는 소리_옮긴이)!"이라고 큰 소리로 부르는 것을 들었다. 두 세계대전 사이에 수천 명의 이민자들이 칼라브리아와 시실리로부터 도착하였다.

우리 학교의 농구팀은 평균 신장이 157센티미터였고 모두 장거리 슛이 가능한 선수들로 구성됐다.

햄든고등학교에 적응하면서 난 스프링글렌에서의 사고방식을 버리기로 했다. 왜냐하면 그 사고방식은 말할 때 사투리를 쓰는 사람들을 경멸하는 것이었기 때문이다. 난 2세대 이탈리아 친구들과 어울린 덕분에 음식 취향이 바뀌었다. 저렴한 피자 가게에서 마늘과 나 사이의 로맨스가 시작됐다. 믿기 어려운 일이지만 당시에는 피자가 이국적인 음식이었다.

대부분의 미국 도시에는 피자를 사 먹을 수 있는 곳이 없었다. 당연히 피자헛, 도미노스, 파파 지노스, 피자셰프스나 리틀시저스 같은 체인점도 없었다. 남부 이탈리아인들이 모여 사는 동네를 제외하고는 미 전역을 통틀어 피자란 음식은 알려지지 않았었다. 심지어는 북부 이탈리아에서조차 그랬다. 1951년 피렌체의 한 식당에서 피자를 주문했다. 웨이터는 그게 뭔지 모르는 것 같았다. 그는 주방으로 들어갔다가 내게 돌아왔다. 내일 다시 오면 만들어줄 수 있다고 했다. 주방장이 요리책에서 피자를 찾아본 걸까?

다음 날 그는 내게 여태까지 먹어본 중 가장 형편없는 피자를 가져다주었다. 밀가루 냄새가 나고, 설익은 것 같고, 마늘 맛을 제외하고는 아무 맛도 안 나는 피자였다. 내가 듣기로 지금은 피렌체에 피자 가게들이 들어섰다고 한다.

햄든고등학교 시절 남자애들은 밤에 시내에서 만나면 늘 이탈리아 음식을 먹었다. (어떤 피자 가게에서는 열다섯 살짜리가 파브스트 술을 주문해도 신분증을 요구하지 않았다.)

네이트 만스Nate Mann's를 기억한다. 가게 이름에 본인 이름을 붙인 주인은 예전에 조 루이스Joe Louis와 2라운드인가 3라운드를 싸웠었다. 조는 로프에 기대어 상대방의 힘을 빠지게 하는 버릇이 있었다.

반 친구들과 피자에 대해 얘기할 때 우린 피자라 칭하지 않았다. 남부 이탈리아에서 부르는 고유의 발음이 있었다. 우리는 '아비츠'를 먹었다.

원래는 '아피자'인데 '피' 대신에 '비' 발음을 냈고 마지막 모음은 발음하지 않았다. 나는 대학에 들어갈 때까지 한 번도 '피자'라고 불러보지 않았다. 그에 앞서 나는 기숙학교 식당에서 나오는 평범한 음식들을 제대로 씹지도 않은 채 꿀꺽 삼켜버렸던 전례가 있었다. 당시 학생들이 테이블마다 일곱 명씩 둘러앉아 매일 한 명씩 돌아가며 웨이터 노릇을 했다.

대학에 진학해서는 카페테리아식으로 식당이 운영되어서 음식을 골라 먹을 수 있었다. 자정에 맥주를 파는 홀이 문을 닫으면 술에 취해서 헤이즈 빅포즈에서 식사를 했다. 한번은 점심 때 어떤 교수님이 나를 하버드대학 교직원 클럽으로 데려가주었다. 그날의 스페셜은 말고기 스테이크였다. 가격은 2달러였는데 미국식 참수이만큼이나 배가 불렀다.

난 이미 다른 지면에서 지금부터 말하려는 음식에 대해 논한 바 있다. 그 경험은 내 인생을 바꿔놓았다. 장학금을 받아 옥스퍼드에 갔던 덕에 영국 음식이 어디까지 실망시킬 수 있는지 경험해봤다. 21세기에 이르러서는 런던에서 가장 잘 나가는 식당들이 파리와 비교해도 하나도 꿀리지 않는다. 하지만 1950년대는 달랐다.

영국 패스트푸드의 정석은 토스트 조각에 구운 콩을 바른 것이었다. "토스트 위에 콩을! 토스트 위에 콩을!" 우리는 킹즈 암스에서 미지근하고 쓴 맥주를 마시며 구호처럼 외쳤다. 학기와 학기 사이 6주 동안은 옥스퍼드를 떠나 파리에 가서 지냈다. 음식! 프로펠러 비행기를 타고 두 나라 수도 사이를 여행하는 데 한 시간이 걸렸다. 그런데도 항공사는 점심 식사를 제공했다. 처음 파리로 비행할 땐 영국국제항공을 이용했다. 돌아오는 길엔 에어프랑스에서 마늘 냄새가 나는 간식을 먹었는데 그 뒤로는 절대 다른 항공을 타지 않았다.

옥스퍼드를 떠나고 결혼한 이후에 커비와 나는 스탠퍼드에서 1년을 살았다. 1년에 2,000달러의 장학금을 받았다. 지금도 기억난다. 슈퍼마켓에서 광고하는 특가 물건을 사기 위해 펠로앨토 전역을 누비며 한 상점에서 물건 하나씩을 건졌다. 볼로냐 한 봉지 사는 데 8센트를 아끼려고 기름값으로 50센트를 썼다.

내가 다른 곳에서 (하루 종일 저술만 하면 되는) 3년짜리 장학금을 땄다는 소식을 들었을 때 아내와 나는 멘로파크에서 저녁을 먹으며 자축했다. 그 식당은 75센트짜리 마늘치즈버거로 유명했다.

미시간대학에서 교수가 되기 위해 먼저 서머스쿨 강사를 했다. 오전 11시와 오후 2시에 미국문학 두 분야를 가르쳤다. 난 체중이 불어 있었다. 아마도 아비스의 로스트비프 샌드위치를 식간에 습관적으로 먹었던 탓인 것 같다. 점심에 먹을 것을 담은 유리병을 내 사무실로 가지고 다니며 다이어트를 했다. 병에는 절인 독일 양배추, 딜(허브의 일종_옮긴이)을 넣은 피클과 삶은 핫도그가 들어 있었다. 9킬로그램를 뺐지만 곧바로 다시 쪘다. 정오에 땅콩버터 샌드위치 세 개를 먹고 또 아비스에 가서 먹은 탓이었다. 앤아버에서 월급을 받았지만 나와 아내와 아이들은 병에 든 우유 대신에 1리터에 거의 6센트 하는 가루우유를 마셔야만 했다. 난 구두쇠가 되어야만 했다. 그 밖에 우리는 캐서롤(오븐에 넣어서 천천히 익혀 만드는, 한국 음식의 찌개나 찜 비슷한 요리_옮긴이)의 대가가 됐다.

한번은 로버트와 캐럴 블리가 우리 집에 방문했다. 로버트는 내가 교수임에도 제대로 된 집에 살고 있는 것에 분개했다. 그와 캐럴은 서부 미네소타에서 전기와 물도 안 들어오는 집에서 호롱불을 밝히며 화장실은 집 밖에 있다고 했다. 그는 입을 삐쭉거리면서 자기 맥주를 내 저녁 식사 위에 쏟았다.

난 차분하게 접시를 들고 부엌으로 가서 깨끗이 비우고 스토브 위에 있는 냄비에 있던 스페인산 쌀밥을 다시 담았다. 자리에 다시 앉았을 때 나는 내 맥주를 그의 얼굴에 부었다.

이혼한 후에는 뭘 먹었는지 생각이 안 난다. 그저 해븐힐 5분의 1병씩을 마셨던 기억뿐이다. 한 병에 2달러 50센트 하는 버번 위스키였다. 내 월급이 900달러였는데 양육비가 1,100달러였다. 그래서 교과서를 집필하기로 했다. 5년 후 제인과 내가 결혼했다.

앤아버를 떠나 이 고택으로 이사 오면서 나는 제인에게 미리 경고했다. 뉴햄프셔에서 먹을 만한 걸 찾는다는 건 정말 어려울 것이라고 말이다. 제철 이외의 과일이나 채소는 물론이고 마늘도, 송아지 커틀릿도, 치즈도 없을 거라고 했다. 그런데 내가 한 가지 놓친 게 있었다. 우리에겐 차가 있었다. 말과 마차가 아니라.

우리가 장을 보러 가는 도시는 뉴런던이었다. 15분 거리에 있는 슈퍼마켓은 크리센티였다.

파리에서 지낼 때 난 셀러리 레몰라드를 정말 좋아했었다. 전채 요리였는데 셀러리 뿌리를 길게 잘라 마요네즈, 겨자, 식초, 레몬주스, 소금 그리고 후추에 버무린 음식이었다. 미시간에서는 셀러리 뿌리를 전혀 볼 수가 없었다. 뉴햄프셔 슈퍼마켓의 채소 칸에서 그걸 찾았다. 스틸턴치즈도, 마늘도, 카멘베르도, 그리고 영국에서 수입한 바스 올리버 비스킷도. 틀림없이 스팸과 정어리 통조림도 어딘가에 있었을 텐데 한 번도 보지 못했다.

여기로 이사 오고 처음 몇 년 동안은 제인과 내가 서로 요리를 하겠다고 싸웠다. 제인은 요리책을 보고 연구하는 쪽이었고 나는 즉흥적인 요리를 만드는 걸 즐겼다. 내가 만드는 음식은 마늘과 올리브유 한 컵으로 시작했다. 혹은 기발한 재료들로 미트로프를 만들었다. 한번은 가운데에 메추리알

세 개를 박아서 만들었다. 내 딸을 위한 메뉴였다. 내 전매특허 요리 중 또 한 가지는 쇠고기 스튜였다. 와인, 양파, 감자, 마늘, 바질 그리고 향신료 칸에 있는 것들 전부를 조금씩 넣고 만들었다. 그런데 주치의가 내게 당뇨가 있다고 말했다.

"당뇨 전 단계란 얘기지요." 내가 해석했다. "당신은 당뇨 환자예요." 그가 내게 다시 말해주었다.

당뇨병 탓에 나를 뚱뚱하게 만드는 모든 것을 멀리해야 했다. 난 가스레인지 앞을 떠났고 제인은 당뇨 환자를 위한 요리를 연구했다.

그녀는 움츠러든 식객을 위해 요리하는 것도 여전히 즐거워했다. 그녀의 특기는 예상할 수 없는 조합을 펄펄 끓는 채로 테이블로 가져오는 것이었다. 찐 채소, 커틀릿 위에 부은 버섯 소스.

나는 대가족이 모일 때만 요리사로 나섰다. 우선 아주 커다란 알루미늄 냄비를 샀다.

틸턴에서 옛날식 정육점 주인을 찾아냈다. 손수 쇠고기를 절이는 사람이었다. 그는 소금이 가득한 나무통에 쇠꼬챙이를 넣어 정직한 회색 고깃덩이를 꺼냈다. 붉은 색소가 빠지도록 절여진 쇠고기였다. "한 2.27킬로그램쯤 되겠네요." 물이 떨어지는 쇠고기를 저울 위에 달며 그가 말했다.

집에 도착하면 쇠고기를 커다란 냄비에 넣고, 비스듬히 자른 양배추 조각과 양파, 당근, 파스닙 그리고 옥수수 낱알을 곁들였다. 하지만 메추리알은 절대 넣지 않았다.

네 시간 동안 끓이면 모든 재료가 녹아서 전체적으로 소금에 절인 쇠고기, 채소, 한 줌의 바질과 월계수 잎, 그리고 당연히 마늘 맛이 나는 걸쭉한 국이 되었다. 테이블에 앉아서 고기를 자르고 산더미같이 쌓인 다양한 채소들을 더 넣었다.

끓인 저녁 메뉴보다 그다음이 더 기대가 됐다. 고기 가는 기계를 부엌에 있는 두꺼운 도마에 고정시키고 냄비 바닥에 남은 고기와 양배추, 당근, 양파 그리고 모든 남은 재료들을 넣어 함께 갈았다.

여기서 좀 특이한 마지막 재료는 간 비트였다. 마당에서 갓 캔 것이거나 볼 유리병에서 나온 것이다. 이 모든 것들을 대접에 넣고 잘 섞은 후 아침이나 점심 아니면 저녁 아니면 세 번 다 식탁에 내놓았다.

이 지역 고유의 요리 이름은 빨간 플란넬 해시(고기와 감자를 잘게 다져 섞어 요리하여 따뜻하게 차려낸 것_옮긴이)다. 뉴햄프셔 밖에서는 이 음식을 먹어본 적이 없다. 내 경우에는 마늘을 아주 조금 더 집어넣었다.

제인과 나는 책 내음이 나는 백일몽 같은 고요 속을 왔다 갔다 하면서 점심을 먹었다. 그러고는 20분 동안 낮잠을 잤다. 그다음엔 오후 내내 일을 했다.

밤이 오면 제인이 저녁 식사를 만들고 나는 거실의 파란 의자에 앉아 그녀를 지켜보았다.

그녀는 백포도주를 홀짝거렸고 나는 맥주를 들이켜면서 기다렸다. "다 됐어요. 촛불을 켜세요."

우리가 먹는 하루 세 끼 중, 단 한 번 형식을 갖춘 식사 시간이었다.

미국 중앙정보국이 우리들의 생활에 끼어들었다. 그 결과 우리의 음식 체험은 훨씬 더 확장되었다. 중앙정보국은 1987년 우리를 중국과 일본에 보내 미국의 시에 관해 얘기하도록 했다. 그때가 우리 집 부엌과 글 쓰는 작업으로부터 제일 오랫동안 떨어져 지냈던 시기였다.

우리는 한 번도 먹어보지 않은 음식들을 먹었다. 거대한 중국에서의 하루는 항상 50개의 요리로 끝났고 맨 마지막에는 거위 요리가 나왔다. 연회는 전국 어디서나 5시에 시작해서 7시에 끝났다. 7시가 되면 주최 측은 벌떡 일어섰고 재빨리 사라졌다. 일본은 다양했다. 화려한 도시 음식, 북 일본 음식, 그리고 한국 음식. 한국 식당은 스스로 청결, 청결, 청결을 강조했다. 마치 뉴햄프셔의 식당이 '마늘 안 씀'을 강조했던 것처럼 말이다(일본인들은 외국인의 위생 관념에 대해 선입견이 있었다).

히로시마에서는 이탈리안 레스토랑이라고 하는 곳에서 밥을 먹었다. 네이트 만스와는 거리가 멀었다.

다음엔 미국 국무부가 우리의 섭생 방식과 우리를 바꾸어 놓았다. 국무부는 두 번에 걸쳐 우리를 인도로 보냈다. 중국에서는 스물네 시간 동안 기차를 타고 움직였는데 인도에서는 비행기로 움직였다. (열일곱 개의 언어, 수백 개의 방언, 공통어는 영어인)이 거대한 나라에서 음식의 맛과 재료는 지역에 따라 엄청나게 달랐다. 카레에서 요구르트까지. 사람들은 대부분 힌두교인이었고 채식주의자였다. 도로 위에는 소떼가 넘쳤지만 식탁에서는 볼 수 없었다.

제인은 힌두에 관한 모든 것을 사랑했다. 그리고 우리의 새로운 섭생 방식이 탄생했다. 그녀가 죽기 전 몇 년 동안 뉴햄프셔 우리 집 부엌은 힌두교식 채식주의가 되었고 온갖 향신료로 넘쳐났다.

한 달에 한 번 제인은 케임브리지에 있는 센트럴스퀘어 근처의 인도 생필품 가게에서 쇼핑을 했다.

주로 하루에 한두 가지의 요리를 만들었는데 매일 밤 새로운 조합의 요리를 여섯 개의 팔(인도의 여신을 빗댄 표현_옮긴이)로 완성해냈다. 나는 이런 변화를 환영했지만 저녁에 외식을 할 때마다 스테이크와 마늘이 들어간 으깬 감자를 먹었다.

제인은 15개월 동안 백혈병을 앓았다. 그 15개월 동안 병원 식당에서 뭘 먹었는지 기억이 나지 않는다.

대부분의 시간 동안 제인은 오로지 혈관에 꽂은 관을 통해 정맥주사만 맞았다. 제인의 장례식을 치른 후, 현관은 제인이 만들던 것과 같은 통밀빵과 수많은 캐서롤들 그리고 햄으로 가득 찼다. 난 그 햄을 3주 동안 잘라 먹었다. 늦은 봄에는 매일 밤 저녁 식사로 금방 뽑은 아스파라거스를 먹었다. 제인이 길 건너에 땅을 파서 심고 가꾸어온 아스라파거스였다. 한 번씩은 폭 찹 두 개를 사서 한 개는 저녁때 냉동 채소들과 먹고 다음 날도 똑같이 되풀이하기도 한다. 식당에 혼자도 가봤지만 할 짓이 아니었다.

내가 다시 데이트를 하기 시작한 다음에야 피에로스의 라 메리디아나에서 오소 부코를 다시 먹을 수가 있었다. (시가 드디어 여자를 꼬이게 했다. 내가 열네 살이었을 때 그랬어야 했는데.)

어느 날 저녁, 내가 데이트 상대를 에스코트하면서 뉴런던의 밀스턴에 들어서는데 종업원이 내 손님이 손녀인지 물었다. 우리 둘은 동시에 "아니요!" 하고 비명을 질렀다. 다시는 그 종업원을 볼 일이 없었다.

데이트 상대들은 대부분 내 딸로 오해를 받았지, 손녀로는 아니었다. 내 집에서는 그들을 위해 적포도주가 들어간 스튜를 만들었다. 미트로프도 만들었다. 어떤 여자들은 내 부엌에서 또는 그들의 부엌에서 음식을 만들었다. 캘리포니아에서 날아온 여자친구는 자기 집에서 마늘 다지기를 갖고 왔다. 그리고 함께 슈퍼마켓에 가서 클로브(열대성 정향나무의 꽃을 말린 향신료_옮긴이)를 35리터나 사기도 했다.

그녀가 부엌을 관장했을 땐 심지어 초콜릿 아이스크림에서도 마늘 맛이 났다. 수년 동안 잠깐잠깐씩 연애를 하던 끝에 난 린다와 함께하기로 했다. 내가 운전을 그만두기 전까지는 우리 둘 중 한 사람이 저녁 식사를 준비했다. 그다음에는 내가 집 밖으로 나갈 일을 만들어야 했기 때문에 외식을 하기 시작했다. 우린 책방으로, 슈퍼마켓으로, 그리고 피에

로스로 차를 몰았다.

그녀는 요리에 마늘을 넣는 것에 대해 거리낌이 없었다. 80대 중반을 넘어가니 입맛이 없어진다.

식당에서 남긴 음식을 집에 싸가지고 온다. 딸이 고추 요리를 해서 냉동실에 두라고 가져오고 또 매년 내게 스틸턴 치즈 큰 덩어리를 가져다준다. 아들은 1년 내내 5년산 버몬트 체더치즈를 제공해준다. 린다는 되직한 수프를 얼리고 셰퍼드파이와 마늘 감자를 만든다.

캐럴이 차에 치여 죽은 곰의 고기로 만든 스튜 1리터를 갖다주었다. 보통은 밤이 되면, 바퀴 넷 달린 수레를 밀면서 전자레인지에서 홀아비용 밥을 데운다. 늘 스토퍼스(냉동식품을 파는 미국 식품회사_옮긴이)다. 스웨덴 미트볼이 들어 있는 빨간 포장, 아니면 고기로 채운 피망, 아니면 체더 감자(미트로프와 감자가 들어 있는 하얀 것), 아니면 브로콜리와 스테이크 포르토벨로, 아니면 고구마를 곁들인 란체로 브레이즈드 비프. 모든 음식엔 저민 마늘 몇 조각이 꼭 들어간다.

내 사촌 오드리는 아흔여섯 살이다. 그녀는 직업으로 또 자원봉사자로 댄버리초등학교에서 60년 동안 읽기를 가르쳤다. 작년 가을에 그 학교에서 그녀의 업적을 기리는 축하파티를 열어주었다.

오드리는 정신이 말짱하지만 나처럼 바퀴가 넷 달린 수레를 밀면서 걷는다. 나는 그녀에게 학교 측의 배려가 고맙다고 했다. 우리 둘을 함께 앉게 해줘서 그나마 그녀가 거기서 제일 나이가 많은 사람처럼 보이지는 않겠다고 말이다(실제로는 내가 그녀보다 열한 살 어리다).

최근에 내가 꾸었던 꿈에 대해 그녀에게 말해주었다. 나는 어두운 집 안을 걷고 있었다. 주위에는 그림자 같은 낯 모르는 남자들이 있었다. 나는 약간 불안해져서 밖으로 나가고 싶었다. 계속해서 문을 찾아보았지만 찾을 수 없었다. 문이 없는 집이었다.

오드리가 말했다. "그래, 아주 힘들 때가 있어."

제인과 내가 여기로 이사 왔을 때 난 하루 종일 프리랜서 글쓰기로 바빴다. 글이 실릴 지면이 바뀔 때를 기다렸다가 휴식을 취하곤 했다. 우리가 기름보일러를 설치하기 전까진 10년 동안 내가 나무를 창고에서 집 안으로 옮겨 왔다. 그리고 100년도 넘은 글랜우드 무쇠 난로에 집어넣었다. 그다음에 다시 뚜껑이 달린 책상으로 복귀했다. 중앙난방이 설치되고 나서는 나무 창고에 갈 일이 없어져버렸다.

일하다 쉬고 싶으면 우리 개 거스를 산책시키거나, 모건힐 책방을 둘러보거나, 슈퍼마켓에 가서 필요하지 않은 피멘토 고추 한 병을 사 온다. 나는 여든 살이 된 뒤 두 번 사고를 낸 후에 차를 팔았다. 처음 한 달 정도는 마음 내킬 때 혼다를 몰고 나갈 수 없게 된 것이 속상했다. 거스는 이미 죽었고, 나도 고양이들도 산책을 하지 않았다. 점차 자동차에 대한 미련이 사그라들었고 난 회피할 수 없는 제한을 받아들이는 자신을 축하해주었다. 그리고 그 꿈을 꾸었다.

내 난제는 죽음이 아니라 늙음이다. 내가 균형 감각을 잃어가는 것을, 자꾸만 뒤틀리는 무릎을 걱정한다. 일어나고 앉는 게 힘들어지는 걸 걱정한다. 어제는 안락의자에 앉은 채 잠이 들었다. 나는 앉아서 잠드는 사람이 아니다. 매일매일 게으름이 나를 무기력하게 한다.

앉은 채로 무엇을 할지 공상한다. 스웨터를 입을까, 아니면 파이 한 조각을 먹을까, 아니면 딸에게 전화를 할까. 어떨 땐 공상을 떨쳐버리고 일어서기도 한다.

크리스마스나 생일에 물건을 받는 것을 더 이상 원하지 않는다. 그것이 책이라도 마찬가지다.

먹을 것이나 입을 것이 좋다. 체더치즈, 스틸턴치즈, 내 딸이 만든 고추 요리, 이미 많이 낡은 카키색 바지와 같은 새 바지, 티셔츠, 양말 그리고 속옷들. 겨울에는 매일 소매가 긴 티셔츠를 입고, 여름에는 소매가 짧은 티셔츠를 입는다.

어떤 친구들은 죽어버리고, 어떤 친구들은 치매에 걸려버리고, 어떤 친구들은 서로 싸우고, 어떤 친구들은 늙어서 침묵 속으로 뿔뿔이 흩어진다. 제인과 나는 1972년에 결혼했다. 그녀는 스물넷, 나는 마흔셋이었다.

6개월 동안 우리는 결혼할지 말지 고민했다. 그녀가 너무 오랜 세월을 과부로 살 것이 걸렸기 때문이다. 외과의사가 내 간의 반을 떼어내자, 제인은 비가悲歌들을 썼다. 〈아니라면〉, 〈예후Prognosis〉, 〈파라오Pharaoh〉. 그다음 해는 관대한 예비 장례식들로 붐볐다(한 작가협회에서는 도널드 홀을 기념해주었고 미시간대학은 내게 명예박사학위를 주었다).

1994년 1월에 항암 화학치료를 마치고 난 다시 건강해졌다. 그런데 제인이 백혈병 진단을 받았고 1995년 4월에 죽었다. 난 그녀의 죽음을 영원토록 애도할 것이다. 10년 전에 린다를 만났다. 그녀는 내가 집 밖에 나가 돌아다니도록 도와준다. 한번은 일주일 동안 나를 도와서 함께 여행을 했었다. 그녀는 시 낭송회에서 나를 보좌해주었다. 뉴욕에서부터 로스앤젤레스까지, 워싱턴 D.C.에서 시카고까지, 그리고 몬터레이에서 펜실베이니아, 그리고 캔자스시티까지 말이다.

우리는 국제 문학 축제에도 함께 날아갔다. 스웨덴, 밴쿠버, 멕시코, 그리고 아일랜드에는 두 차례 갔다. 내가 가서 시를 낭송하기로 한 단체들이 여행 경비를 부담했고 항공사에 축적된 포인트로 우리는 더 사치스러운 여행지들을 체험할 수 있었다. 여름엔 날씨가 좋은 아르헨티나나 칠레로 날아갔다. 5월과 6월은 런던이 제격이었다. 7월은 러시아의 상트페테르부르크도 따뜻해서 갈 만했다.

봄에는 이탈리아, 그리고 온갖 계절에 파리로 갔다. 처음 몇 번 파리에 갔을 때는 천상의 맛이 나는 크루아상을 내오는 호텔에 묵었다. 어느 날 아침엔 나 혼자 크루아상 열네 개를 먹었다.

파리에 다녀와 다음 파리 여행을 하기 전에, 나의 균형 감각에 이상이 오기 시작했다. 발과 발 사이가 멀리 떨어진 채 어기적거려지기 시작했다. 계단이 점점 무섭게 느껴졌다. 파리의 그 호텔에 들어가려면 입구에서 난간이 없는 깊숙한 계단 다섯 개를 올라가야 했다. 내 여행 비서인 홀리가 그 호텔에서 세 블록 떨어진 곳에 계단이 없는 호텔을 찾아주었다.

우린 택시에 힘들게 올라 전시관들을 돌아다녔다. 우리에게 친숙한 명품들도 보고 또 새로운 명품들도 발견했다. 점심때는 한두 블록을 걸어서 주로 레두마고에 갔다. 거기서 나는 카망베르 샌드위치를 먹었다. 바게트 빵 위에서 치즈가 녹으면 어디에도 비할 수 없는 따뜻하고 조밀한, 부드럽고 아주 좋은 맛이 났다. 한번은 웨이터가 주문을 받아 간 뒤 금방 다시 돌아왔다. 그는 조금 기다리시라고 했다. 빵집에서 방금 새로 구운 빵들을 배달해 왔다고 했다. 레두마고는 하루에 몇 번이나 따뜻한 바게트를 배달받는 걸까?

저녁에는 라투르다젠이나 라페루즈 같은 더 고급진 식당들을 찾아다녔다. 하지만 나중에는 악명도 덜 높고, 더 싸고, 더 편안한 식당들을 발견했다. 내가 제일 좋아하는 곳은 오래되고 소박한, 셰르셰 미디 거리에 위치한 조제핀 셰 뒤몽Joséphine Chez Dumonet이었다. 거기서 만드는 뵈프 부르기뇽은 내가 파리 그 자체만큼이나 사랑하는 요리였다.

린다와 내가 2011년 9월에 갔던 게 마지막 파리 여행이었다. 그때 나는 여든셋이었고 집에서 내 수레를 밀고 다니며 고관절이 부러지지 않게 조심했었다. 그런데 파리에 갈 때는 지팡이만 갖고 갔었다. 더 많이 걸어 다니면 내 다리가 더 강해질 거라고 생각했다. 웃기는 말씀. 여행 닷새째에는 한 발자국당 5~7센티미터씩밖에 나아가지 못했다. 택시가 우리를 뵈프 부르기뇽으로 인도할 수는 있었지만 그림은 린다 혼자 보러 가도록 했다. 난 침대에 누워서 책을 봤다.

1년 후에 린다가 프랑스어를 가르치는 일을 하게 되었다. 그래서 학교가 방학일 때 프랑스에 가서 말하는 연습을 하기로 했다. 그녀 혼자서 갔다. 늙었다고 해서 모든 면에서 처량하기만 한 건 아니다.

수년 동안 공항을 걸어서 누빈 적이 없다. 휠체어가 이동

수단이었다. 수년 동안 누군가가 나를 보안 검색대에 밀고 가서 54초 만에 검색을 마쳐주었다. 그리고 수년 동안 누구보다도 먼저 비행기에 탑승하기도 했다. 미니애폴리스 공항의 한 직원은 린다도 휠체어에 앉아야 한다고 우겼다. 왜냐하면 린다의 걸음에 맞추느라 휠체어를 빨리 밀 수가 없을 것이기 때문이라는 것이다. 그는 우리를 짐 찾는 곳까지 순식간에 데려다주었다. 마치 우사인 볼트Usain Bolt 같았다.

2010년에 한 대학에서 내게 상을 주었다. 난 린다와 함께 그곳으로 비행해 갔는데 상 받는 날 새벽 2시에 심한 배앓이로 잠에서 깼다. 약을 먹고 정오쯤엔 일단 설사를 멈추는 데 성공했지만 오후 4시에 진행된 시상식 내내 고생했다. 다음 날도 완전히 낫지 않았고 기운이 없었다. 우리는 막 볼티모어-워싱턴 D.C. 편 비행기를 타고 온 후였다. 휠체어를 미는 사람이 나를 사우스웨스트항공의 뉴햄프셔주 맨체스터행 게이트로 데려다줬다. 항상 그랬듯이 내가 첫 번째로 비행기에 탑승했다. 린다가 뒤따랐다.

우리가 빈 좌석들을 향해 걷기 시작했을 때 내 바지가 발목까지 훌렁 내려가버렸다. "기술적 난항"이라고 린다가 안내방송을 했다. 나를 오게 하는 게 너무나 힘든 일이기 때문에 시 낭송을 위해 나를 초대하는 것은 주최 측 입장에서는 점점 더 어려운 일이다. 내 강연을 주관하는 에이전트는 강연장에 계단이 없는지를 꼭 확인한다. 만약에 누가 계단이 한두 개쯤 있다고 한다면, 그건 열 계단쯤 있다는 뜻이다(그들은 전혀 몰랐다).

전체적으로 나는 똑같은 하루를 매일매일 산다. 하루의 시작과 끝에 잠깐 지루하다고 느낄 뿐 별로 개의치 않는다. 아침이 오면 커피를 만들고 치아를 풀로 붙인다. 알약 네 개를 삼키고 메타무실(식이섬유_옮긴이)을 마신 다음 수염을 훔친다. 삐꺼덕거리는 무릎 위로 지지대를 고정시키고 부종 위로 아플 정도로 꽉 끼는 스타킹을 신는다. 그다음에 신문을 읽고 커피를 마신다. 낮 시간은 글쓰기, 낮잠 자기, 공상하기, 그리고 편지를 구술하는 새 지나간다. 하루하루가 지루할 일은 없다. 왜냐하면 매일 다른 것들을 읽고 쓰니까. 그리고 글 쓰는 작업이 날 지탱해주니까.

취침 시간도 기상 시간만큼 권태롭다. 아침에 마실 커피를 커피 머신에 집어넣고, 틀니를 빼서 담가놓고, 저녁때 먹는 알약들을 삼키고, 지지대를 풀고, 꽉 끼는 스타킹을 벗는다.

일주일, 한 달 단위는 권태롭지 않다. 이미 오래전부터 프리랜서 글쓰기로 생활해온 탓에 난 하루와 하루, 일주일과 일주일을 잘 구분하지 못한다.

일요일에는 우편물이 배달되지 않는다. 가끔씩 다른 요일에도 우편물이 도착하지 않을 때가 있다. 그런 날은 참 이상하다고 생각한다. 그러곤 '아, 오늘이 7월 4일(미국의 독립기념일_옮긴이)이구나' 한다.

노년은 새로운 기술을 싫어한다. 10년 전에 컴퓨터를 한번 만져봤다. 그것은 까맣고, 딱딱했다. 내가 마우스를 만지자 (화면에서) 이상한 짓을 했다. 마우스는 진짜 쥐가 아니었다.

4번 도로 전체를 통틀어 컴퓨터가 없는 집은 우리 집밖에 없다. 그리고 난 i로 시작하는 물건(애플 제품을 말한다_옮긴이)도 가지고 있지 않다. 텔레비전 세트는 갖고 있다. MSNBC 시사뉴스와 야구 경기를 보기 위해 필요하다. 신문과 잡지를 읽으며 무슨 일이 일어나고 있는지 알아낸다.

들리는 바에 의하면, 페이스북은 우정을 종식시키기 위해 존재한다. 이메일과 문자는 우체국을 파괴한다. 이베이는 차고 중고품 세일Garage Sale을 대체한다. 아마존은 서점들의 창자를 뽑아낸다. 테크놀로지는 속도를 가속하고, 가속을 배로 하고 또 배로 한다. 예술은 낮잠을 잔다.

이쯤에서, 바로 길 아래에 각종 전자제품을 갖춘 캔들이 살고 있음을 밝혀야겠다.

캔들은 나보다 30년 어리지만 나처럼 장애를 갖고 산다. 그녀는 다발성 경화증을 앓고 있다. 우리는 서로 돌아다니는 방법에 대해 정보를 교환한다. 내 원고와 편지를 타자로 치는 일 외에 금전 출납도 대신 해준다. 그녀는 무엇을 위해 언제 얼마를 지불했는지 내게 말해준다. 회계사를 도와 내 세금 신고를 한다. 어디에 사인을 할지 알려준다. 내가 뭘 궁금해하면 구글에서 검색해준다.

변화 때문에 화가 날 때면 내 어머니 루시 생각을 한다. 어머니가 더 이상 코네티컷의 집에서 혼자 살 수 없게 됐을 때, 제인과 나는 어머니가 이곳으로 오기를 바랐다. 하지만 어머니에게는 의료 시설이 필요했다. 자주 심장 울혈을 일으켰기 때문에 그때마다 즉각적인 처치를 받아야 했다.

우린 뉴햄프셔주 한 병원에 부설된 클로센터라는 곳에 어머니의 침상을 확보했다.

어머니의 침대 옆에는 전화기를 위한 잭이 있었다. 하지만 전화기는 없었다. 우리가 어머니를 위해 전화기를 샀는데, 금전 출납기 같은 숫자가 적힌 단추식 전화기였다. 그렇지 않은 전화기는 찾을 수가 없었다. 어머니는 분개했다. 전화기에는 손가락을 넣어 돌리는 다이얼 판이 있어야 했다.

아흔 살에도 어머니는 정신이 말짱했다. 어머니의 침대에
서 이 농가까지는 20분 거리밖에 안 됐다.

어머니는 그 초라한 방에서 걸어 나와 이 농가로 충분히
올 수 있었다. 카프탄(셔츠 모양의 기다란 상의_옮긴이)을 걸치고
혼다의 앞 좌석에 올라타고 말이다. 어머니가 어릴 적 살았
던 거실에 와서 앉거나 자신이 태어났던 침대도 볼 수 있었
다. 담배를 한 개비 피워 물었을지도 모른다. 어머니는 그 나
들이를 끝까지 실행하지 못했다. 늙어지면 만사가 너무 귀찮
아진다. 클로센터에는 문이 없었다.

이 농가의 아래층에는 부엌과 욕실 그리고 침실이 있다.
나는 근 10년간 지하 저장실에는 내려가보지 않았다. 빈 사
이다 저장통과 당밀통 그리고 버려진 탁구대가 널브러져
있을 것이다. 이것들을 한 번 보지도 않고 새 보일러를 설치
했다.

넓은 공간이 있는 2층에는 책과 서류와 그림들과 제인이
시를 다듬던 작업실이 있다. 내가 마지막으로 거길 올라갔
던 것은 여러 해 전에 내 그림들을 감정하러 온 남자와 함
께였다.

약 12센티미터 너비의 단으로 이루어진 200년 묵은 계단을 올랐었다. 난 거실에서 독서를 하고 저술을 한다. 응접실에서는 야구 경기를 시청하고 편지를 구술한다. 가끔 아이들과 손주들이 날 찾아온다. 그런 날은 살맛이 난다.

이 집을 유지해주는 사람은 캐럴이다. 내 옷을 세탁해주고 나를 병원에 태워다준다.

집 안의 가구들을 재배치해 더 안락하고 안전하게 해준다. 내가 진드기에 물린 곳이 감염되면 캐럴이 진찰해준다. 내가 엉덩이 조준을 잘못해서 변기 옆으로 넘어졌을 때는 알루미늄 손잡이를 구해서 설치까지 해주었다. 급할 때 붙잡을 수 있도록 말이다. 또 내가 일어서기 편하도록 전기로 작동되는 의자를 사주었다(어떤 이유에서인지 이런 물건들은 중고로 쉽게 구할 수 있다).

그녀는 또 내가 현관에 나설 수 있도록 현관에 난간 두 개를 못으로 박아주었다. 우린 함께 담배를 피운다. 나는 우리의 습관에 대해 글을 써서 《플레이보이》에 보낸다.

나는 50대 여성 네 명에게 의존한 삶을 산다. 트레이너인 팸은 휠체어 신세가 되는 것을 연기시켜주고 있고, 린다와 캔들 그리고 캐럴이 다른 모든 일을 해준다. 그들과 대화할 때면 무심코 나도 그들의 또래라고 생각하고 끼어든다. 그들은 내가 늙고 쇠약해진다는 사실의 증인 역할을 조용히 하고 있다. 거울을 보면 풍성한 수염이 보인다. 내 뒤통수가 대머리라는 건 나는 전혀 모른다. 내가 서른이었을 때, 난 미래에 살았었다. 왜냐하면 현재가 견딜 수 없었기 때문이다. 내가 쉰 살, 예순 살이었을 땐 사랑과 일로 충만한 날들이 해마다 되풀이되었다. 노년은 의자에 앉아 있다. 저술을 약간 하고 점점 작아져간다. 기진함은 에너지를 막는다.

어제는 첫 낮잠을 아침 9시 반에 잤다. 하지만 다시 깼을 때 글쓰기를 계속했다. 어떤 날 저녁에는 린다와 함께 튼튼한 난간을 의지해 현관을 내려온다. 그리고 난간 끝을 잡고 차 문까지 가서 앞 좌석에 앉는다. 좌석에 엉덩이를 먼저 들이민다. 그러면 흔들거리는 무릎에 체중을 싣는 걸 방지할 수 있다. 린다는 바퀴 넷 달린 수레를 트렁크에 싣는다. 그러면 우리가 도착했을 때 차에서 라메리디아나까지 수레를 밀면서 갈 수가 있다. 집에 돌아오면 우린 서로에게 소설을 읽어준다.

그리고 넷플릭스에서 영화를 골라 본다. 아침이 되면 그녀는 달걀 네 개에 엄청난 양의 달콤한 양파와 5년산 버몬트 체더치즈를 넣고 오믈렛을 만든다. 맛이 기가 막히다. 그녀는 프랑스어 4급을 가르치러 간다. 난 펜을 잡는다.

노년의 한 가지 특징은 거의 잊힌 시대에 대한 얘기를 자꾸 되풀이하는 것이다. 난 증삼촌 루터에 대한 기억을 떠올린다. 1856년생인 그분은 농가 현관에서 내게 소년들이 버지니아에서 집으로 돌아오던 모습이 기억난다고 하셨다. 난 콧수염이 하얗게 센 남자가 발을 끌며 걷는 걸 지켜보았다. 그는 걸으면서 남북전쟁의 기억을 떠올리고 있었다. 그때 난 열 살이 조금 안 되었다.

1938년에는 뉴잉글랜드 지역이 태풍으로 큰 피해를 입었다. 해안가 작은 집들이 내륙으로 휩쓸려 갔다. 전기가 끊어지고 가옥들이 무너졌지만 이 집은 무사했다. 시골에서는 산림 전체가 뿌리가 뽑힐 정도였다. 루스벨트의 민간환경보존단Civilian Conservation Corps(대공황 시절 젊은이들에게 일자리를 주어 환경보존 업무를 하게 한 프로그램_옮긴이)이 쓰러진 큰 나무들을 잘랐고 그 목재를 호수와 연못에 서로 묶어 띄웠다. 그 이후로 오랫동안 동부 사람이라면 누구나 그 태풍을 회상했다. 어느 시점에 이르면, 금방 넘어진 나무들 사이로 자전거를 타고 다녔던 열 살짜리 소년도 그 태풍을 기억할 수 있게 생존해 있지 못할 것이다.

나는 난징에서 일어난 강간 사건을 기억한다. 스페인의 프랑코가 마드리드를 접수하던 걸 기억한다. 스프링글렌그래 머스쿨 옆집에 살았던 수전 프리스비Susan Frisbee를 기억한다. 프랑크 베네딕트Frank Benedict, 필리스 모스버그Phyllis Mossberg 그리고 찰리 악셀Charlie Axel을 기억한다. 1939년 세계무역박람회에 세워졌던 트라이론 뾰족 탑과 페리스피어 원형 구조물을 기억한다. 히틀러와 스탈린이 폴란드를 침공했던 걸 기억한다.

나는 1941년 월드시리즈의 첫 경기를 왼쪽 필드에 앉아서 관전했던 걸 기억한다. 조 고든Joe Gordon이 홈런을 쳤었다. 진주만을 기억한다. 과달카날(솔로몬제도의 섬_옮긴이)을 기억한다. 학교에서 전쟁 채권을 사던 걸 기억한다. 일주일에 10센트씩 썼다. 초등학교를 졸업하고 너무도 커 보였던 햄든고등학교에 진학했던 때를 기억한다. 유럽에서 독일에 승리한 날과 히로시마를 기억한다. 로버트 프로스트와의 만남을 기억한다. 일본에 승리한 날과 한 여자의 벌거벗은 몸을 기억한다. 케네디 암살사건을 기억한다. 베트남전쟁에 반대하며 내 아들과 함께 워싱턴 D.C.에서 행진했던 것을 기억한다.

9·11을 기억한다. 물론 언젠가는 내가 기억하는 것들을 아무도 기억하지 못할 것이다.

오드리는 말했다. "그래, 아주 힘들 때가 있어." 이 농가는

문이 있다. 제인의 시신이 집 밖으로 들려 나갔던 걸 기억한
다. 난 거스를 내 작업실에 집어넣고 문을 닫았다. 거스에게
그녀가 떠나는 모습을 보이고 싶지 않았다.

아직 남은 것들

증조할아버지는 이 집을 '이글 연못 농장'이라
고 명명했다. 왜냐하면 커다란 대머리독수리가 이글스 네스
트(독수리 둥지_옮긴이)라는 이름의 언덕에 살면서 저녁 식사 대
신 연못에서 물고기를 매일 잡아먹었기 때문이다. 그런데도
그의 막내딸이었던 케이트 할머니(1878년생)는 그 새를 본 적
이 없었다. 땅과 그 위에 사는 생명들이 달라져버렸다. 할머
니가 돌아가신 지 35년 후에 난 대머리독수리가 수면 위로
나는 걸 보았다.
　19세기에 뉴햄프셔주가 농장들로 가득 찼을 때 주州의 70
퍼센트는 뻥 뚫린 들판이었다. 40~60에이커 규모의 낙농장

들이 흙길을 따라 줄을 이었다. 뒤로는 소를 풀어 먹일 초원
이 펼쳐져 있었다.

지금은 누가 나를 태우고 시골길을 드라이브할 때면 빽빽
한 낙엽수와 침엽수림 뒤로 아직 남아 있는 돌담들이 보인
다. 돌담은 양떼와 소떼들을 정해진 구역 안에 머물게 하는
수단이었다.

말들은 보이지 않았다. 예전에는 말똥이 도로 위를 덮었는
데 말이다.

농사꾼들의 아들과 딸들은 화강암과 모래로 이루어진 땅
을 버리고 공장에서 일하러 떠났거나 땅이 더 비옥한 서쪽
으로 이주해버렸다. 뉴잉글랜드는 미국 전체에서 가장 산림
이 많은 지역이 되었다. 전체 면적의 80퍼센트가 나무로 덮
여 있다.

여름에 내가 할아버지와 건초를 수확하던 시절에는 뉴햄
프셔주의 인구가 50만 명이 채 안 되었다. 그리고 땅은 다시
산림으로 변하기 시작했었다. 1928년에 포장된 4번 국도에
는 거의 400미터마다 작은 농장이 있었다. 홀스타인 젖소 몇
마리와 건초밭, 양, 닭, 무얼 끌거나 운반할 말 한 마리를 소
유한 곳이었다. 이들 농부는 내 할아버지가 그랬듯이 노동력

하나로 생존을 위한 투쟁을 벌였다.

그들은 땅은 많아도 현금이 없었다.

옛 두메에 있던 농장들은 이미 숲이 되어버렸다. 할아버지와 내가 소들을 불러 모으거나 블루베리를 채취하려고 언덕길을 오갈 때는 굉장히 조심했었다. 옛 집터의 지하실 구멍이나 버려진 우물에 빠지면 안 되기 때문이다. 가끔은 죽은 농장주 부인이 심어놓은 접시꽃이 우리에게 위험신호를 보냈다. 지하실 자리가 옆에 있다고 말이다.

나는 열두 살 때 처음으로 저 아래에 있던 2에이커에서 죽은 농장주 부인의 건초를 수확했다(농장주는 죽었고 농장주의 부인은 그녀의 땅에 덤불이 아니라 풀이 우거지기를 원했다). 제인과 내가 처음 도착했을 때 그 건초밭은 태고의 나무숲과 비슷했다. 도시에 살다 온 우리 눈에는 그렇게 비쳤다. 침엽수들이 촘촘하고 높게 자라 있었다.

뉴햄프셔주의 남쪽으로는 다닥다닥 지은 집들이 옛 농장들의 땅을 차지하고 있다. 지금 뉴햄프셔의 인구는 100만 명이 넘는다. 이들은 주로 보스턴에서 한 시간 이내의 교외에 거주한다. 택사추세츠주(세금과 매사추세츠주의 합성어. 다른 주보다 세금 항목이 특히 많은 것을 비꼬는 용어다_옮긴이)로부터 소득세가 부과되지 않는 곳으로 도망온 사람들이다.

딜런 토머스는 아버지에게 바치는 목가 〈저 좋은 밤(Night)
속으로 순순히 들어가지 마세요Do not go gentle into that good night〉
를 썼다. 그것과 운을 맞춘 행은 "분노, 분노한다 빛(Light)이
죽는 것에 대해서"였다(Night과 Light가 각운으로 맞는다는 의미다_옮
긴이).

내가 스물세 살이었을 때 토머스를 만났다. 그에게 그 시
를 정말 좋아한다고 말하자 그는 자신은 그렇지 않다고 말
했다. 그 구절은 예이츠에게서 훔친 것이라고 했다(예이츠는
노년에 '분노'라는 단어를 즐겨 사용했다).

세월이 지나면서 나는 이 시에 대한 생각을 바꾸었다. 아
버지를 향한 애정과 관심이 표현된 것은 맞지만 그가 아버
지에게 부탁한 것은 실현 불가능한 일이었다.

미시간대학에서 내 제자 하나가 자신의 사나운 아버지를
소중히 여겼었다. 그녀의 아버지는 대하기 힘든 사람이었지
만 그녀는 언제나 그의 폭발적인 성격을 숭배해왔다. 그가
나이 들어 성격이 유순해지자 그녀는 견딜 수 없었다. 그녀
는 화가 난 듯한 말투로, 마치 그가 의도적으로 약하게 보이
려 한다는 듯이 말했다.

제인과 내가 여기로 이사 왔을 때, 우리는 이모할머니를
정말 좋아하게 되었다. 지금의 나보다 젊은 여든두 살이었는

데 성품이 밝고 정이 많은 분이었다.

그녀와 제인은 아침에 민들레를 캐면서 함께 시간을 보냈다. 그리고 쓴 이파리를 삶아서 저녁으로 먹었다. 할머니는 걸을 때 뒤뚱거리셨다. 현관문까지 가려면 난간도 없는 시멘트 계단 여섯 개를 힘겹게 올라야 했다. 그녀는 서른 살 된 목수였던 자신의 손자에게 뭔가 붙잡을 수 있는 것을 설치해달라고 부탁했다. 난 그가 투덜거리는 소리를 들었다. "올라갈 마음만 먹으면 얼마든지 올라가시면서 뭘."

예술에 종사하는 사람이라면 다른 종류의 예술도 사랑하고 생활화해야 할 필요가 있다. 사람은 자신을 전혀 다른 열정에 노출시켰을 때 자기가 하는 일에 대해 더 잘 알게 된다. 내가 또 다른 예술을 말하는 것은 그것을 잘해야 한다거나 하는 그런 얘기는 절대 아니다.

나는 8학년 때 미술 과목에서 낙제했다. 그건 정말 통탄할 일이었다. 왜냐하면 미술 시간에 내 옆자리에 앉은 메리 베스 버제스를 내가 좋아했기 때문이다.

음악은 진짜 이해가 안 된다. 내 인생에서 가장 기억나는 음악적 순간은 켄 번스의 야구 프로그램에서였다. 그는 '야구와 나의 야구 사랑'에 대해서 나와 인터뷰했다. 야구를 실제로 하는 것에 관해서는 아니었다. 나는 켄에게 메이저리그 선수들과 얽힌 일화 스무 개를 얘기해줬다. 그들에 관한 책과 에세이를 쓰느라 그들 가까이에서 많은 시간을 보냈기 때문이다. 그러자 그는 내게 〈야구 경기에 나를 데려가주오〉 노래를 불러달라고 했다. 그가 인터뷰한 사람들은 모두 불렀다고 했다. 켄이 마음먹고 꼬드기면 원숭이를 수선화와 합방하게 할 수도 있다.

그가 권하는 대로 "야구 경기에…" 하고 노래를 시작했다. 그리고 내 음조가 사정없이 오르락내리락 갈피를 못 잡는 게 들렸다. 음정도 전혀 안 맞는 데다 창피하고 망신스러운 생각에 가사를 잊어버렸다.

내가 맹세하건대 켄의 야구 프로그램의 하이라이트는 내 입이 크게 열리고 아무 소리도 안 나오는 장면이다. 뇌가 손상된 환자 같았다. 편집 과정에서 켄은 이 이미지에 특별히 주의를 기울였다. 두세 박자가 지나가도록 소리가 안 나오는 장면을 넣은 것이다.

나는 그림과 조각, 스케치 그리고 수채화를 좋아한다. 나만의 소장품이 꽤 있다. 블레이크Blake, 아르프Arp, 워홀Warhol, 마리 로랑생Marie Laurencin, 데 쿠닝de Kooning, 만 레이Man

Ray……. 내가 제일 좋아하는 여가 생활은 미술관에 가는 것이다. 내가 그릴 줄 아는 것은 한 가지밖에 없다. 야구에 대해 쓴 내 책에 사인을 해줄 때 그리는 삽화다. 일단 원을 그리고, 그 안에 반원 두 개를 그려 넣는다. 그러고는 안에 있는 반원들을 따라 짧은 줄들을 세로로 그려 넣는다. 시종일관 삐딱한 (난 지오토Giotto가 아니다) 원에 표현주의적 실밥 그림이 더해져서 그 안에 헌정의 말, 내 서명 그리고 날짜가 들어갈 공간이 생긴다.

내겐 언제나 시가 중요했고 다른 건 거의 없었다. 수학과 과학을 피하기 위해 엑서터고등학교에서는 고전 학사학위 과정을 택했다. 라틴어, 희랍어, 베르길리우스Vergilius Maro, 호메로스를 배웠다. 하버드대학에서는 영어를 전공했지만 시쪽에 집중했고 될 수 있으면 산문 쪽은 피했다.

하루는, 왜였는지는 기억이 안 나는데, 포그미술관으로 걸어 들어갔다. 그리고 에드바르 뭉크Edvard Munch의 전시를 보았다. 이 감정적인 화가의 위력에 압도되었다. 그래서 〈절규The Scream〉와 그 형제 작품들을 감상하러 그곳에 되돌아가고 또 돌아가고 하였다.

2년 뒤 같은 전시가 파리의 프티팔레미술관에서 또 열렸다. 옥스퍼드대학의 긴 방학 동안 파리에 가 있던 나는 그림들을 다시 보려고 매일 오후 걸어서 전시장에 갔다.

그렇게 내 미술관 인생이 시작되었다. 이 취미는 그 후로도 지속되었고 범위도 더 넓어졌다. 여러 해가 지난 후에 난 《뉴요커》에 헨리 무어의 프로필을 썼다. 그리고 바버라 헵워스Barbara Hepworth로부터 프랜시스 베이컨Francis Bacon에 이르는 영국 예술가들을 인터뷰했다.

난 회화와 조각에 대해 아주 많은 것들을 배웠다. 하지만 제일 많이 배웠던 건 아마도 시에 관한 것이 아닐까 싶다. 예를 들어, 무어가 로댕Auguste Rodin을 인용하는 걸 들었는데, 로댕은 또 어떤 석수의 말을 인용했던 것이었다. "어떤 표면을 생각할 때 그것이 어떤 부피의 연장이라는 것을 절대 잊지 말라."

오래된 집들은 구멍이 많다. 어느 해 여름 독 없는 줄무늬 뱀이 들어와 내 거실을 훑고 지나갔다. 난 그놈의 머리를 밟아 밖으로 던져버렸다. 같은 해에 또 다른 방문객이 있었는데 그 끈질김으로는 내가 제일 아끼는 녀석이었다. 줄다람쥐 한 마리가 아래층에 자리를 잡고 두세 달 동안 나와 함께 살았다. 짐작건대 내 고양이의 밥과 물을 먹으면서 살지 않았을까 싶다. 난 매일 쩍쩍 우는 소리를 들었다. 처음엔 전자신호 소리같이 들리기도 한다. 그다음엔 다람쥐가 모습을 드러냈다. 앞발을 몸 밑에 감추거나 앞쪽으로 쭉 내밀고 잠깐 정지한 자세였다. 내 고양이로 말할 것 같으면 홀린 듯이 뚫어지게 그놈을 바라보았다.

캐럴이 아주 작은 덫을 사 와서 줄다람쥐가 좋아할 거라고 상상되는 것들을 미끼로 달아놓았다.

매일 아침 미끼는 사라지고 없었지만 다람쥐도 없었다. 어느 날 아침, 다람쥐가 부엌에서 공구 창고로 날듯이 뛰어가 버렸다. 공구 창고 문 아래에는 큰 구멍이 뚫려 있었다. 그후로 그 생명체를 볼 수 없었다. 난 버림받은 느낌이었다.

가을이 겨울로 바뀐 어느 날, 나는 잡동사니로 가득한 방으로 들어갔다. 내가 늙은 후로는 한 번도 사용하지 않은 방이었다. 정리되지 않은 사진들이 들어 있는 상자에서 썩은 냄새가 났다.

사진 더미 아래에서 우리는 다람쥐의 시신을 찾아냈다. 사실은 도망가지 않았던 것이었다.

그것을 종이 타월로 집어 들었다. 굳어 있었고 거의 무게를 느낄 수 없었다. 문으로 가서 될 수 있는 대로 힘껏 밖으로 던졌다. 다음 날 아침, 신문을 집으려고 문을 열었을 때 미라가 된 작은 몸뚱이의 반이 문 옆에 놓여 있었다.

이곳 뉴햄프셔의 집에는 마멋(다람쥣과의 설치류_옮긴이)이 아주 흔하고 성가신 존재다. 60년 전에 내 사촌 프리먼은 뉴캐나다 로드에 있는 자신의 오두막 옆에 채소를 심고 가꿨다. 채소를 훔치던 마멋 여러 마리가 그의 엽총 세례를 받고 죽었다. 매해 여름 그는 그중 한 마리를 먹었다. "놈들이 내 완두콩을 먹으면 난 놈들을 먹을 거야!" 프리먼은 양념한 마멋을 들고 언덕을 따라 할머니 집의 나무 스토브를 쓰려고 왔다. 케이트 할머니는 코를 쥐고 그걸 구워줬고, 프리먼은 자기 오두막으로 가지고 가서 먹었다.

집 앞 도로 건너편에 텃밭을 만든 내 조부모님은 1년 동안 먹을 콩, 완두콩, 양파, 감자 그리고 옥수수를 키웠다. 텃밭의 제일 끝에 있던 작물은 옥수수였는데 유령 같은 너구리들이 밤마다 와서 먹어댔다.

집 가까이에는 완두콩과 콩이 있었다. 다 자란 콩을 마멋이 먹어치운 걸 보는 건 정말 기가 찬 일이었다. 나는 소싯적에 시멘트 물받이에 앉아 22구경 모스버그 총을 쥐고 포식자를 살해하려고 한 시간씩 기다리곤 했다.

제인과 나는 이곳으로 돌아온 뒤에 새로운 텃밭을 만들었

다. 난 참을성이 없었고 쉰 살이 다 되었던 터라 장총을 들고 오랫동안 앉아 있을 수가 없었다,

그래서 하바하트사의 덫을 샀다. 현관에서 보면 덫이 닫혔는지가 보였다. 장총을 들고 4번 도로를 건너갔다. 내가 놓은 덫 안에서 떨고 있는 마멋을 죽여버렸다.

매년 여름 한 번씩은 프리먼이 했던 일을 고려해보았다. 부엌에서 『요리의 기쁨Joy of Cooking』을 집어 들었다. 거기엔 이르마 롬바우어Irma Rombauer가 알려주는 마멋 요리법이 있었다. 가죽을 벗긴 후에는 진드기가 있는지 찾아보라는 대목에서 읽기를 멈추었다. 그만 책을 덮고 시신을 묻어주었다.

하바하트사의 덫은 에그웨이 상점에서 사 온 것이다. 그 상점은 대부분의 농부들이 떠나간 다음에 농사 도구들을 판매했다. 마멋을 죽이는 방법은 덫 말고도 있었다. 그것이 있을 것 같은 구멍에 독약을 주입할 수도 있다. 하지만 나한테는 22구경 모스버그로 쏘는 총알 말고 다른 방법은 없다.

상점 직원이 너무나 분통이 터졌다던 한 고객 얘기를 해줬다. 그 고객은 다이너마이트 한 뭉치를 사서 마멋 구멍 안에 집어넣었다. 그의 정원 전체가 폭발했다.

나는 시를 낭송하러 린다와 여행하는 도시마다 미술관을 찾아다녔다. 예일에서는 스튜어트 데이비스Stuart Davis의 그림들을 찬찬히 바라보았고, 슈비터즈Schwitters의 15센티미터 깊이의 콜라주 앞에 서 있기도 했다. 캔자스시티에서는 토머스 하트 벤턴의 강렬한 대작을 발견했다. 어디에서나 마티스Henri Matisse를 보면 너무 기뻤다.

세잔이 더 나은 화가이기는 했지만 마티스의 색채가 우리를 압도했다.

우리는 가는 곳마다 그림에 도취했다. 파리, 유적이 있던 로마와 바티칸, 윤택한 뉴욕, 런던의 국립미술관과 테이트미술관, 워싱턴 D.C., 상트페테르부르크와 예르미타시미술관, 시카고미술관. 칠레에서는 콜럼버스 이전의 조각을 보았다. 린다가 밀어주는 휠체어에 앉아서 미술관을 돌아다니다 보니 그림을 새로운 관점에서 보게 되었다. 아래에서 위로 올려다본다.

가끔씩은 빛이 반사돼서 그림이 잘 안 보일 때도 있었지만 대체로 나는 지금의 장애인 각도를 좋아한다. 잘 믿어지지 않을지 몰라도 파리의 미술관들은 장애인들에게 관대하다. 내가 지팡이를 짚고 다리를 절면서 퐁피두에 입장하는 긴 줄에 다가갔을 때 누군가 줄 맨 앞으로 오라고 손짓했으며 입장료도 받지 않았다. 우리가 그곳에 마지막으로 갔을 때 순회 전시되는 화가는 무슨 우연인지 에드바르 뭉크였다. 루브르 안에 들어서자마자 〈모나리자Mona Lisa〉를 찾아갔다. 그림 주위는 벨벳 줄로 막아서 관중이 그 안으로 들어갈 수가 없었다. 안내원 한 사람이 줄을 풀고 우리에게 들어오라고 했다.

아주 오래전에 난 청춘이 노년으로 움직인 것을 직접 목격했던 적이 있다.

1903년에 존 싱어 사전트John Singer Sargent가 〈피스크 워런 부인과 그녀의 딸Mrs. Fiske Warren and Her Daughter〉이라는 초상화를 그렸다. 나는 스무 살 때 보스턴의 어떤 모임에서, 피스크 워런 부인과 그녀의 딸을 만났다. 대단히 늙은 부인이 목에 끼는 벨벳 목걸이에 카메오를 달고 있었고 중년의 딸이 옆에 서 있었다.

40년 전 사전트가 그렸던 초상화는 달랐다. 그림 속 어머니는 잘생긴 보스턴 시민이었고, 옆에 기대고 있는 열두 살난 딸은 팔다리가 예뻤으며 나이에 어울리게 의욕에 차 보였다. 내 앞에 있던 두 여인은 같은 사람들이면서 완전히 달랐다. 딸은 보통의 외모에 처져 있는 듯 혹은 실망에 찬 듯해 보였다. 그녀의 어머니는 주름졌고 키가 더 작았다. 여전히 자세는 꼿꼿했고 위엄이 있었지만 말을 하자 음성이 떨려나왔다. 『도리언 그레이의 초상The Picture of Dorian Gray』은 그의 육체가 젊음을 지속하는 동안 나이를 먹었다.

회색 다람쥐들은 진입로에 구멍을 내놓는다. 붉은 다람쥐들은 몰래 나쁜 짓을 한다. 2층의 단열재를 찢어서 분홍색 솜 같은 뭉치들을 꺼내 공구 창고의 천장에 난 균열 사이로 밀어 넣는다.

생쥐는 늘 많았다. 그래도 할아버지가 창고에 곡식을 하나 가득 채워놓았을 때 같지는 않지만 말이다. 그 당시엔 어미 고양이가 1년에 세 차례 새끼를 낳았다. 생쥐를 잡아먹던 새끼 고양이들은 할아버지가 우유를 짤 때 쫓아다녔다. 외양간에서 할아버지는 홀스타인의 젖을 휘둘러서 공중에 뿌렸다. 활짝 열고 기다리던 주둥이들 속으로 우유가 떨어질 수 있도록 말이다.

결국엔 새끼 고양이들이 한 마리씩 4번 도로를 구경하러 갔다. 다른 짐승들이 간식으로 꺼내 먹지 못하도록 고양이들을 충분히 깊이 묻는 것이 내 임무였다.

그러는 사이, 늙은 어미 고양이는 젖꼭지를 축사 바닥에 끌고 다녔고 도로 근처에도 가지 않았다.

집 안에 생쥐들이 들끓어 살 수가 없을 지경이 되면 할머니는 고양이를 안으로 불러들였다. 들어와서 좀 잡아먹으라는 의미다. 그 외에는 생쥐를 잡는 고양이건, 애지중지하는 소를 모는 개들이건 집 안에 들여놓지 않았다. 집 안에는 사람들이 살았다.

1975년에 제인과 나는 미시간에서 고양이 세 마리를 데려왔다. 인구 10만 명의 도시 앤아버에서는 카토와 미아와 아라벨라가 바깥을 자유롭게 돌아다녔다. 뉴햄프셔의 4번 도로가 이들을 집 안에서 사는 고양이로 바꿔놓았다. 이들은 별로 개의치 않는 것 같았다. 어쩌면 생쥐들이 훌륭하게 공급돼서였는지도 모르겠다.

제인은 거의 1년 내내 집 안을 맨발로 돌아다녔다. 그리고 시를 썼다. 고양이가 자랑스럽게 찢어발긴 생쥐를 제인 앞에 떨어뜨렸다. 맨발로 죽은 생쥐를 밟을 때마다 제인은 특별하고 작은 외마디를 지르곤 했다.

1940년에 존재하던 작은 동물들이 2014년에도 여전히 존재한다. 붉은여우와 은여우가 눈에 띈다. 이들은 잘생겼고 거의 모습을 나타내지 않지만, 예전에는 닭 사육장의 무법자였다. 밤마다 할아버지가 암탉들을 안전하게 닭장 안에 가두었다.

그래도 주머니쥐들은 죽은 척하거나 먹이를 찾아다닌다. 스컹크들은 득실득실하다.

밍크도 피셔캣(북미의 족제빗과 동물_옮긴이)도 있다. 이들은 고양이가 아니다. 호저를 뒤집고 그들의 연약한 뱃살을 찢어발긴다. 죽지 않은 호저들은 나무 꼭대기에서 새 둥지같이 보이는 집을 짓고 산다. 우리 개 거스가 덤불에서 한 마리를 발견했다가 주둥이에 온통 호저 가시를 꽂고 나타난 적이 있다. 거스는 수의사의 도움을 받아야 했다.

비버들은 오만 군데에서 나무를 쏠아 넘어뜨리면서 아주 잘 산다. 이들은 바로 얼마 전까지는 거의 멸종 상태였다. 살쾡이류 얘기를 들은 적은 있지만 마주치고 싶지는 않다.

나무가 많아지니 못 보던 동물들이 생겨났다. 서쪽에서 이동해 오는 코요테들은 밤새도록 울부짖지만 보이지는 않는다. 어려서 할아버지와 걸어 다닐 땐 야생 칠면조를 한 번도 본 적이 없다. 1980년대에 처음 보았다. 거스를 데리고 산책 중이었는데 회색 깃털의 수놈이 뉴캐나다 로드를 건너고 있었다. 거스는 놀라움에 차서 꼼짝도 안 했다. 나도 마찬가지였다. 칠면조는 고개를 까딱거리며 우리 앞을 유유히 지나갔다. 그로부터 1년이 가기 전에 풀밭에 스물다섯이나 서른 마리가 모여 있는 걸 보았다.

사슴 수는 줄어들었다. 그래도 작년 여름에 사슴들이 내 피튜니아를 뜯어 먹었다.

35년 전에는 불타버린 농장 길 건너편에 있던 오래된 과수원에서 꽃이 피었다. 사슴들이 와서 작고 주름진 사과를 따 먹었다. 사냥꾼들이 모여들었다. 에버렛 삼촌은 매년 수사슴 한 마리를 사냥해 우리 집 냉동고에 사슴고기를 채워줬다(야생의 풍미가 살아 있는 정말 맛있는 사슴고기와 식당에서 제공하는 맛없는 사슴고기를 혼동하지 말기 바란다).

이제 휘트모어의 과수원은 침엽수들 아래로 사라져 보이지 않는다. 주 경찰관이 크리스마스트리를 키워 판다고 그 땅을 샀는데 시작도 못 한 것 같다. 사슴 수가 줄어드니 사냥꾼도 줄어든다.

할아버지의 소들이 풀을 뜯어 먹던 초원은 이제 숲이 되었다. 사슴의 자리를 곰이 채웠다. 캐럴이 곰 스튜를 만들었다. 가끔 진짜 곰을 본다. 하지만 주로 눈에 띄는 건 곰의 배설물이다. 그리고 집 앞의 단풍나무에 달아둔 새 모이통이 박살나 있는 것을 매년 봄에 발견하곤 했었다.

우리가 여기서 산 지 15년이 되었을 때는 주변에 나무숲이 한창 울창해지고 있었다. 제인이 거스를 데리고 뉴캐나다 로드에 갔었다. 거기서 거스가 새끼 곰을 나무 위로 도망치게 만들었다. 만약 어미 곰이 근처에 있었다면 그때가 거스의 마지막이 되었을지도 모른다. 제인도 무사하지 못했을 수도 있다. 20년이 지난 지금 난 가끔 무스(사슴과의 동물_옮긴이)를 본다. 주변의 땅이 경작되고 있던 때에는 못 보던 짐승이다.

어느 여름, 커다란 무스와 작은 무스가 (난 그들이 가족일 거라고 추측했다) 매일 아침 6시에 4번 국도를 횡단했다. 래기드산에서 동쪽으로 걸어와 이글 연못에서 물을 마시려는 것이었다. 그들은 우아한 뿔을 높이 세우고 기품 있게 걸었다. 다시 돌아온 독수리처럼 새롭고도 예스러웠다.

미국 계관시인(2006~2007년) 도널드 홀은 2018년 6월 23일 자택인 뉴햄프셔주 윌못의 이글 연못 농장에서 만 여든아홉을 일기로 사망했다. 그가 평생 쉬지 않고 써온 시와 산문은 자음과 모음이 다가가기 쉽고 자연스럽게 조화를 이루는 것으로 이름 높다. 그 덕분에 눈으로 보기에나 소리 내어 읽기에나 모두 흥을 불러일으키는 글이라는 평가를 받았다. 그의 인생 목표는 세상에서 제일 훌륭한 작품을 만드는 것이었다. 그는 실현 불가능할 때만 진정한 목표가 될 수 있다고 생각했다. 이런 목표를 성취하기 위해 가능한 모든 노력을 기울이는 것이 삶을 사는 올바른 자세라고 믿었다.

도널드 앤드루 홀 주니어는 1928년 9월 20일, 미국 코네티컷주 햄든에서 도널드 앤드루 홀과 루시 웰스의 외동아들로 태어났다. 대가족 간의 관계가 원만했던 가정환경에서 홀은 어린 시절부터 죽음이 낯설지 않은 삶을 살았다. 피할 수 없는 죽음에 관한 깊은 생각들은 어린 홀이 인생의 반복성과 삶의 연속성을 인정하게 만들었다. 특히 외할아버지 웨슬리 웰스는 홀에게 지대한 영향을 끼쳤다. 이글 연못 농장은 몇 대째 외가의 소유였고 홀은 청소년기 여름방학마다 농장에 방문해 일을 도왔다. 이 시간들은 홀이 고비를 겪을 때마다 지상낙원의 시간으로 기억되고 인생의 버팀목이 된다.

홀은 필립스 엑서터고등학교에서 교육을 받고 하버드대학에 진학해 1951년 준최우등으로 졸업한다. 그리고 영국 옥스퍼드대학에서 2년간 문학 학사과정을 밟는다. 1991년에는 베이츠대학으로부터 명예 문학 박사학위를 받았다. 주요 경력으로는 《파리리뷰》 최초의 시 부문 에디터, 스탠퍼드대학에서 펠로 1년, 하버드대학 펠로 3년, 베닝턴대학 교수, 그리고 앤아버 미시간대학 교수 등이 있다.

수상 경력으로는 1991년 로버트 프로스트 메달, 2006~2007년 미국 계관시인, 2010년 오바마 대통령이 수여한 예술인 최고의 영예인 미국 국가예술훈장 등이 있다. 구겐하임 펠로십 장학금을 받은 경력도 두 차례 있다. 첫 시집인 『망

명과 결혼Exiles and Marriages』은 1955년에 출간되었고 퓰리처상을 수상할 뻔했다. 다수의 시집을 출간했고 1966년에는 조각가 헨리 무어의 전기를 출간했다. 동화 집필에도 힘을 쏟아 1979년 출간된 『달구지를 끌고Ox-Cart Man』는 이듬해 콜더컷상을 수상했다. 그가 정열적으로 아끼던 것은 뉴햄프셔주와 야구, 그중에서도 보스턴 레드삭스였다. 이에 관한 글을 잡지에 계속 발표했고 그중 상당수가 이 책에 포함되어 있다. 1994년에는 『글 잘 쓰는 법Writing Well』이라는 교재를 출판하여 큰 반향을 일으키기도 했다.

홀은 옥스퍼드에 체류 중이던 1952년에 대학생 때부터 알았던 래드클리프여자대학 출신의 커비 톰슨과 결혼한다. 도널드 앤드루 홀 3세와 필리파를 얻은 뒤 1967년 이혼했다. 1972년 열아홉 살 연하의 제자이자 시인인 제인 케니언과 결혼해, 1975년에 뉴햄프셔주 윌못의 이글 연못 농장으로 이사한다. 1995년 제인이 백혈병으로 마흔일곱 살에 사망할 때까지 두 사람은 최고의 사랑과 행복을 나누는 생활을 한다. 그 후 홀은 제인을 기리는 시를 쓰고 유고 시집을 출간하는 일 등으로 바쁘게 지낸다. 홀이 사망할 때까지 또 다른 동반자가 있었지만 본인은 제인을 대신할 여자는 세상에 존재하지 않는다고 밝히고 있다.

홀은 마흔여섯 살에 미시간대학의 종신 교수직을 반납했다. 프리랜서로 돈을 벌기로 결심하고 1975년에 이글 연못 농장으로 거주지와 일터를 모두 옮긴다. 그리고 1978년 『낙엽을 발로 차며 Kicking the Leaves』를 출간한다. 발로 차보니 낙엽이 하는 말이 들렸고 시심에 새로운 불이 붙었노라고 고백한다. 이 시집 또한 엄청난 반향을 일으켰다. 농장으로 이사한 후에 그는 외할머니가 60여 년간 오르간을 치던 지역 교회를 방문한 후 스스로도 놀랄 정도로 꾸준히 교회를 다니기 시작했다. 홀의 집안은 정치적으로는 열정적인 민주당 지지층이었다.

- 최희봉

번역하면서 천연색의 단편영화들을 관람한 듯한 느낌을 받았다. 화려하면서도 위트와 유머가 들어 있는 글을 읽으면서 마음이 시원해졌다. 별것 아닌 얘기로 시작해 읽는 사람의 눈가와 가슴을 덥혀주는 묘미가 있었다. 그리고 다듬고 또 다듬은 문장들, 눈으로 볼 때나 소리 내어 읽을 때나 단어들이 그 자리에 있는 당위성에 감탄을 하게 된다. 지은이가 "이거 내가 쓴 거야" 하며 어깨를 으쓱하는 것만 같다. 한 원고를 600차례까지 고쳐봤다고 하니 완성을 향한 끈질긴 노력에 독자로서 감사할 뿐이다.

홀은 자신의 일을 얼마나 중요하게 생각하는지를, 그러한 일의 실천이 바로 삶이라고 굳게 믿는다는 사실을 책에서

서슴없이 자랑하고 주장한다. 우울증에 빠져 아무것도 하지 못했던 시기도 있었지만 그 외에는 병에 걸렸을 때나 회복할 동안에도 일을 놓지 않았음을 자랑스러워한다. 그는 단테 Dante, 호메로스, 베르길리우스, 휘트먼, 디킨슨, 프로스트, 스티븐스 그리고 킨넬보다 더 나은 시를 쓰는 것이 그의 목표라고 말한다.

세대와 세대가 교차하고 멀어지고 다시 추억 속에서 만나는 것도 홀에게 매우 중요한 주제다. 과거 또는 장소에 관한 기억, 가족이나 연인을 향한 사랑을 계속 기억하고 다독이고 북돋는 것이 결국에는 예전의 그 시간 그 장소에 있는 것과 다르지 않을 수 있음을 홀은 말없이 알려준다. 그는 웨슬리 할아버지를 그리워하고 기린다. 할아버지는 때로는 땡볕 아래 혹은 눈 속에서, 어쩌다 봄바람을 맞으며, 더러는 가을 들녘에서 혼자 일하는 건장한 초로의 남자로 출연한다. 그분의 좋은 품성이 느껴지는 음성이 들리는 듯한 감흥 속에 책을 읽는다. 어린 홀은 여자친구가 생기고 데이트 비용을 벌기 위해 여름방학 때 아르바이트를 하게 되면서 외가에 가지 않기 시작했다. 그는 날마다 끊임없이 묵묵히 일하는 사람들 옆에서 절대적인 안정감과 신뢰를 느꼈다고 한다.

웨슬리 할아버지와 케이트 할머니는 다른 조부모들과 다

르지 않게 평생을 힘들게 일만 하다 돌아가신 분들이다. 돌아서면 일, 어디서 많이 들어본 말이 아닌가. 할머니는 여성에게 투표권도 없던 시절에 의학을 공부했다. 농장을 경영하던 자신의 아버지가 힘이 빠지자 아버지를 도우러 달려왔고 남편을 얻어 농장을 이어받게 한다. 웨슬리 할아버지는 장인을 보스로 모시면서 머슴처럼 17년을 산다. 케이트 할머니는 한이 맺힌 듯 홀이 보는 앞에서 책을 읽은 적이 한 번도 없었다고 한다.

농부의 아내로 아침부터 밤까지 남편보다 일을 더 많이 했으면 했지 덜 하지는 않았던 고된 삶이었다. 바쁜 삶, 널려 있는 일감들. 그것들을 당연하다는 듯 하나하나씩 해치우고, 조금이라도 돈이 생기면 땅을 샀다. 그렇게 끊임없이 일하는 삶이 바르다고 홀은 믿는다. 그는 할아버지보다 편안하게 집안에서 일을 할 수 있고, 자신의 일에서 상상하기 어려우리만큼 커다란 희열을 느끼는 행운을 향유한다는 사실에 감사해한다.

홀의 아버지는 담배를 너무 많이 피워서 비교적 이른 나이에 사망했다. 거기에는 본인이 하기 싫은 가업을 억지로 떠맡아야 했던 것과 자신을 열등감의 늪에 빠뜨리는 동생과 함께 일을 했던 것이 큰 작용을 했던 것 같다. 가정형편이 어려워서 홀의 아버지는 직업학교에 보내졌던 것 같다. 그다음에 가정형편이 호전되어 중산층이 되었다고 홀은 말한다. 아버지는 대입 예비학교를 거쳐 베이츠대학에 진학했다(홀은 후에 베이츠대학에서 명예박사학위를 받는다). 아버지의 동생은 예일대학 출신이다. 그리고 형과 함께 가업을 이으며 형을 비참하게 하고 무시했던 것 같다. 홀은 아버지를 떠올리며 운명의 부당함에 울분을 토한다. 그런데 홀의 아버지가 홀의 어머니를 만난 곳이 또 베이츠대학이다. 아버지가 하기 괴로운 일을 참고 해낸 덕분에 어머니와 자신은 편한 중산층 수준의 생활을 누릴 수 있었다고 홀은 생각했다. 그리고 나아가 자신이 시인이라는 대책 없는 직업을 선택할 수 있었다고 했다. 마치 웨슬리 할아버지, 아버지, 케이트 할머니, 어머니가 쌓여서 도널드 홀이라는 위대한 시인이 탄생한 것 같다.

홀은 이혼했을 때 두 자녀를 위한 양육비를 댈 방도가 없었다. 그래서 교과서를 집필할 생각을 했고 그것이 커다란 명성과 성공을 가져다주었다. 이래저래 홀은 일이 삶이요, 일을 꾸준하고 부지런히 하는 것이 잘 사는 길이라고 생각하고 말할 수밖에 없는 것 같다.

시간이 지나고, 사랑하는 사람이 떠나고, 세상이 변하고, 새로운 생명이 태어나고. 계절이 바뀌듯 모든 것이 변하고 또 돌아온다. 우리는 우리에게 소중한 것들을 잘 보관하고, 잊히지 않도록 도닥이고, 마음속에 간직해주어야 한다.

— 조현욱·최희봉

죽는 것보다 늙는 게 걱정인

여든 이후에 쓴 시인의 에세이

ⓒDonald Hall, 2020 Printed in Seoul, Korea

초판 1쇄 펴낸날 2020년 3월 12일
초판 4쇄 펴낸날 2020년 5월 22일

지은이	도널드 홀
옮긴이	조현욱·최희봉
펴낸이	한성봉
편집	조유나·하명성·최창문·김학제·이동현·신소윤·조연주
콘텐츠제작	안상준
디자인	전혜진·김현중
마케팅	박신용·오주형·강은혜·박민지
경영지원	국지연·지성실
펴낸곳	도서출판 동아시아
등록	1998년 3월 5일 제1998-000243호
주소	서울시 중구 소파로 131 [남산동 3가 34-5]
전자우편	dongasiabook@naver.com
블로그	blog.naver.com/dongasiabook
페이스북	www.facebook.com/dongasiabooks
인스타그램	www.instargram.com/dongasiabook
전화	02) 757-9724, 5
팩스	02) 757-9726

ISBN   978-89-6262-326-0 03840

이 도서의 국립중앙도서관 출판예정도서목록(CIP)은
서지정보유통지원시스템 홈페이지(http://seoji.nl.go.kr)와
국가자료종합목록 구축시스템(http://kolis-net.nl.go.kr)에서
이용하실 수 있습니다. (CIP제어번호 : CIP2020008902)

※ 잘못된 책은 구입하신 서점에서 바꿔드립니다.

만든 사람들

책임편집	현의영·조유나
크로스교열	안상준
디자인	전혜진

마음을 끌고 영감을 주며 허물없이 써 내려간 이 책은 보물이다. 노년에 따른 상실을 솔직하게 이야기하면서도 유머와 감사하는 마음을 잃지 않았다는 점에서 그렇다.

《워싱턴포스트》

시인의 산문은 화창한 가을 같다.

《월스트리트저널》

뒤틀리고 쏘는 맛이 있는 산문. 많은 독자가 희망할 것이다. 자신들도 여든 이후에 이처럼 설득력 있고 명철한 사람일 수 있기를 말이다.

《북리스트》

어떤 글은 서정적인가 하면 또 다른 글은 커다란 웃음이 터져 나오게 만든다. 매력적인 솔직함과 단단한 정확성을 지닌 글이다.

《뉴욕타임스》

유머와 장난기를 타고난 글쟁이. 삶에서 일어났던 모든 일을 회고하는 이 명저는 귀한 대접을 받아 마땅하다.

《보스턴글로브》

상쾌하게 직설적이며 실제적이고 (또한 저속한) 위트가 넘친다. 여기 등장하는 매우 인간적인 장면들은 독자에게 깨달음과 심지어 위안을 준다. 그는 이런 내용을 매혹적이고 인상적인 언어로 형상화했다. 이 책은 자신이 언제나 하고자 했던 한 가지 일(그것을 글로 써라!)을 해왔다는 생생한 증언이다. 그리고 이 과업을 우리 중 누가 꿈꿀 수 있는 것보다 훨씬 더 잘 해냈다.

《로스엔젤리스 리뷰 오브 북스》